Edgar Allan Poe
Der Doppelmord in der Rue Morgue
Die Kriminalfälle des C. Auguste Dupin

AF237265

Die vorliegenden Textfassungen von Poes Kriminalerzählungen »Der Doppelmord in der Rue Morgue«, »Das Geheimnis der Marie Rogêt« und »Der entwendete Brief« folgen der von Theodor Etzel herausgegebenen Ausgabe von
Edgar Allan Poes Werken. Gesamtausgabe der Dichtungen
und Erzählungen, Band 3: Verbrechergeschichte und Band
1: Gedichte. Berlin: Propyläen-Verlag, 1922. Die Übersetzung aus dem Amerikanischen stammt von Gisela Etzel.

Edgar Allan Poe

Der Doppelmord in der Rue Morgue

Die Kriminalfälle des C. Auguste Dupin

Benu Krimi Edition

Bibliografische Information der Deutschen Nationalbibliothek:
Die Deutsche Nationalbibliothek verzeichnet diese Publikation
in der Deutschen Nationalbibliografie; detaillierte bibliografische Daten sind im Internet über dnb.dnb.de abrufbar.

© 2023 für diese Ausgabe:
Benu Verlag, B. Schneider,
Bauernwiese 14, D-31139 Hildesheim
E-Mail: email@benu-verlag.de
www.benu-verlag.de
Cover: »The Murders in the Rue Morgue«
von Byam Shaw (1872-1919)
Herstellung und Verlag:
BoD - Books on Demand, Norderstedt
ISBN: 9783756828388
Benu Krimi Nr. 12

INHALT

Vorwort

Edgar Allan Poe wurde am 19. Januar 1809 in Boston geboren und starb unter nicht vollständig geklärten Umständen am 7. Oktober 1849 in Baltimore. Er war ein bedeutender Vertreter der amerikanischen Romantik und hatte großen Einfluss auf die Entwicklung der europäischen Literatur. Poe war ein Meister in der erzählerischen Darstellung von Horror- und Gruselelementen und trug mit seinen fantastisch-unheimlichen Erzählungen maßgeblich zur Ausprägung des Genres der Schauergeschichte bei. Mit seiner Figur des Detektivs C. Auguste Dupin begründete Poe außerdem den modernen Kriminalroman. Seine Erzählung »Der Doppelmord in der Rue Morgue« gilt als Geburtsurkunde der Detektivgeschichte in der uns heute bekannten Form.

»Der Doppelmord in der Rue Morgue« (*The Murders in the Rue Morgue)* war die erste von drei Kriminalgeschichten, die sich um die Figur des scharfsinnig ermittelnden C. Auguste Dupin drehte. Diese erstmals im April 1841 in der Zeitschrift *Graham's Magazine* erschienene Detektivgeschichte war auch eine der ersten Kriminalgeschichten, die sich der Technik des »verschlossenen Raums« bediente. 1842 trat Dupin nochmals als Hauptfigur in der Kriminalerzählung »Das Geheimnis der Marie Rogêt« (*The Mystery of Marie Rogêt*) und schließlich 1844 in »Der entwendete Brief« (*The Purloined Letter*) auf. Der Amateurdetektiv C. Auguste Dupin löste seine Fälle zu einer Zeit, als es den Begriff ›Detektiv‹ noch gar nicht gab. Dupin wurde der erste Detektiv der Literaturgeschichte.

Poes Hauptfigur in den drei genannten Kriminalerzählungen ist ein junger Mann aus einer ehemals adligen Familie, der zurückgezogen auf seinem Anwesen in Paris lebt. Der Chevalier C. Auguste Dupin liebt die Dunkelheit und macht die Nacht zum Tag. Beim Morgengrauen schließt er die Fensterläden seines alten Hauses und steckt ein paar Kerzen an, mit derer Hilfe er seine Seele in Träume wiegt, bis er sich bei Anbruch der wirklichen Dunkelheit in die Pariser Straßen begibt, um sich bei seinen nächtlichen Streifzügen die geistige Anregung zu holen, die stummes Beobachten sich zu verschaffen weiß. Dupin ist ein Hobbydetektiv, der sich mihilfe seiner analytischen Fähigkeiten in die Denkweise und die Gefühle von Verbrecheren hineinzusetzen vermag, und dessen Ziel es ist, den wahren Täter aufzuspüren und einen Unschuldigen zu entlasten. Berichtet werden die Geschichten von einem Freund Dupins, der als Ich-Erzähler auftritt.

Edgar Allan Poe war nicht der Erfinder des Kriminalromans. Auch vor ihm gab es Geschichten über Verbrechen und Morde. Aber mit dem C. Auguste Dupin schuf Poe eine Ermittlerfigur, die eine bis dahin nicht bekannte Perspektive in die Kriminalliteratur einführte, die Figur des Detektivs, der die Aufklärung eines Verbrechens in den Mittelpunkt des Geschehens stellte. Während der Kriminalroman das Verbrechen und häufig auch seine Vorgeschichte zum Gegenstand hatte und diese Ereignisse in ihrer zeitlichen Abfolge schilderte, ging es der Detektivgeschichte darum, den Hergang einer bereits geschehenen Tat nachträglich aufzudecken. Nicht das Verbrechen selbst, sondern seine Rekonstruktion anhand von detektivischen Fähigkeiten, die im Gegensatz zu erfolglosen Ermittlungsbemühungen der Polizei standen, bildete in Poes Kriminalgeschichten den Mittelpunkt der Handlung. Durch die Besichtigung des Tatorts, logische Kombinationen und die Analyse der Persönlichkeit und der Motive des Täters gewann der Detektiv Aufschluss über die Identität des Mörders und die Ausführung seiner Tat.

Poes Konzeption des C. Auguste Dupin wurde Vorbild für zahlreiche spätere Detektivfiguren erfolgreicher Kriminalschriftsteller. Einer der bekanntesten Nachfahren des von Poe geschaffenen Ermittlers wurde der mit der Figur des Dupin eng verwandte Sherlock Holmes von Arthur Conan Doyle. Dieser übernahm mit der Gestalt des Dr. Watson auch das Konzept des befreundeten Ich-Erzählers für seine Hauptfigur.

Doyles Sherlock Holmes folgten Agatha Christies Hercule Poirot, Georges Simenons Kommissar Maigret, Raymond Chandlers Philip Marlowe und viele andere ermittelnde Helden nach.

Der vorliegende Band gibt Poes drei berühmte Kriminalgeschichten um C. Auguste Dupin in der Fassung der im Jahr 1922 von Theodor Etzel herausgegebenen Gesamtausgabe von Poes Erzählungen wieder.

Der Doppelmord in der Rue Morgue

Was für ein Lied die Sirenen sangen oder unter welchem Namen Achilles sich unter den Weibern versteckte, das sind allerdings verblüffende Fragen – deren Lösung jedoch nicht außerhalb des Bereichs der Möglichkeit liegt.

Sir Thomas Browne

Die eigentümlichen geistigen Eigenschaften, die man analytische zu nennen pflegt, sind ihrer Natur nach der Analyse schwer zugänglich. Wir würdigen sie nur nach ihren Wirkungen. Was wir unter anderen Dingen von ihnen wissen, das ist, dass sie demjenigen, der sie in ungewöhnlich hohem Grade besitzt, eine Quelle höchster Genüsse sind. Wie der starke Mann sich seiner körperlichen Kraft freut und besonderes Vergnügen an allen Übungen findet, die seine Muskeln in Tätigkeit setzen, so erfreut sich der Analytiker jener geistigen Fähigkeit, die das Verworrene zu lösen vermag; auch die trivialsten Beschäftigungen haben Reiz für ihn, sobald sie ihm nur Gelegenheit geben, sein Talent zu entfalten. Er liebt Rätsel, Wortspiele, Hieroglyphen und entwickelt bei der Lösung derselben oft einen Scharfsinn, der den mit dem Durchschnittsverstande begabten Menschenkindern unnatürlich erscheint. Obwohl seine Resultate nur das Produkt einer geschickt angewandten Methode sind, machen sie den Eindruck einer Intuition.

Das Auflösungsvermögen wird möglicherweise noch bedeutend durch mathematische Studien erhöht, und zwar besonders durch das Studium jenes höchsten Zweiges der Mathematik, den man nicht ganz richtig und wohl nur wegen seiner rückwärts wirkenden Operationen vorzugsweise Analyse genannt hat. Indessen heißt Rechnen noch nicht analysieren. Ein Schachspieler zum Beispiel tut das eine, ohne sich um das andere im mindesten zu kümmern. Es folgt daraus, dass man das Schachspiel in seiner Wirkung auf den Geist meistens sehr falsch beurteilt. Ich beabsichtige hier keineswegs eine gelehrte Abhandlung zu schreiben, sondern will nur eine sehr eigentümliche Geschichte durch einige mir in den Sinn kommende Bemerkungen einleiten; jedenfalls aber möchte ich diese Gelegenheit benutzen, um die Behauptung aufzustellen, dass die höheren Kräfte des denkenden Geistes durch das bescheidene Damespiel viel nutzbringender und lebhafter angeregt werden als durch die mühe- und anspruchsvollen Nichtigkeiten des Schachspiels. Bei letzterem Spiel, in dem die Figuren verschiedene wunderliche Bewegungen von ebenso verschiedenem veränderlichen Werte ausführen können, wird etwas, was nur sehr kompliziert ist, irrtümlicherweise für etwas sehr Scharfsinniges gehalten. Beim Schachspiel wird vor allem die Aufmerksamkeit stark in Anspruch genommen. Wenn sie auch nur einen Augenblick erlahmt, so übersieht man leicht etwas, das zu Verlusten oder gar zu Niederlagen führt. Da die uns zu Gebote stehenden Züge zahlreich und dabei von ungleichem Werte sind, ist es natürlich sehr leicht möglich, dieses oder jenes zu übersehen; in neun Fällen unter zehn wird der Spieler, der seine Gedanken vollkommen zu konzentrieren versteht, selbst über den geschickteren Gegner den Sieg davontragen. Im Damespiel hingegen, wo es nur eine Art von Zügen mit wenig Veränderungen gibt, ist die Wahrscheinlichkeit eines Versehens geringer, die Aufmerksamkeit wird weniger in Anspruch genommen, und die Vorteile, die ein Partner über den anderen erringt, verdankt er seinem größeren Scharfsinn. Stellen wir uns, um weniger abstrakt zu sein, eine Partie auf dem Damebrett vor, deren Steine auf vier Damen herabgeschmolzen sind, und wo ein Versehen natürlich nicht zu erwarten ist. Nehmen wir an, dass die Gegner einander gewachsen sind, so ist es klar, dass der Sieg hier nur durch einen außerordentlich geschickten Zug, der das Resultat einer ungewöhnlichen Geistesanstrengung ist, entschieden werden kann. Wenn der Analytiker sich seiner gewöhnlichen Hilfsquellen beraubt sieht, denkt er sich in den Geist seines Gegners hinein, identifiziert sich mit ihm, und dann gelingt es ihm nicht selten, auf den ersten Blick eine oft verblüffend einfache Methode zu finden, durch die er den anderen irreführen oder zu einem unbesonnenen Zuge veranlassen kann.

Das Whistspiel ist schon lange berühmt, weil man ihm einen gewissen Einfluss auf das sogenannte Berechnungsvermögen zuschreibt. Tatsache ist, dass die hervorragendsten Männer dieses Spiel ganz besonders bevorzugt haben, während sie das Schachspiel als kleinlich verschmähten. Allgemein anerkannt ist, dass es kein anderes Spiel gibt, das die analytischen Fähigkeiten in so hohem Grade in Anspruch nimmt. Der beste Schachspieler der Christenheit ist vielleicht nicht mehr als eben nur der beste Schachspieler, die Tüchtigkeit und Gewandtheit im Whist lässt aber auf einen feinen Kopf schließen, der überall, wo der Geist mit dem Geiste kämpft, des Erfolges sicher sein kann. Wenn ich hier von Gewandtheit spreche, so verstehe ich darunter die vollkommene Beherrschung des Spieles, die mit einem Blicke alle Eventualitäten erkennt, aus denen sich ein rechtmäßiger Vorteil ziehen lässt. Es gibt viele sehr verschiedenartige solcher Hilfsquellen, die es aufzufinden und zu benutzen gilt; indessen erschließen sie sich meistens nur einer höheren Intelligenz und sind Menschen von gewöhnlicher Begabung unzugänglich. Aufmerksam beobachten heißt Gedächtnis haben, sich gewisser Dinge deutlich erinnern können, und insofern wird der Schachspieler, der an die Konzentration seiner Gedanken gewöhnt ist, sich sehr gut zum Whist eignen, vorausgesetzt, dass er die Spielregeln Hoyles – die in allgemein verständlicher Weise den Mechanismus des Whists erklären – gut inne hat. Daher kommt es denn, dass man gewöhnlich glaubt, ein gutes Gedächtnis haben und regelrecht nach dem Buche spielen können, das sei alles, was zu einem feinen Spiele erforderlich sei. Aber die Kunst des Analytikers bewährt sich in solchen Dingen, die außerhalb der Grenzen aller Regeln liegen. In aller Stille macht er Beobachtungen, aus denen er seine Schlüsse zieht. Seine Mitspieler tun wahrscheinlich dasselbe; der Unterschied des erlangten Wissens liegt weniger in der Richtigkeit des Schlusses als in dem Werte der Beobachtung. Das Wichtigste ist, sich ganz klar darüber zu sein, was man beobachten muss. Der wirklich feine Spieler hat seine Augen überall, und neben dem Spiel, das natürlich Hauptsache ist, verschmäht er es nicht, Schlüsse aus Dingen zu ziehen, die nur als Äußerlichkeiten erscheinen. So beobachtet er zum Beispiel den Gesichtsausdruck seines Partners und vergleicht ihn sorgfältig mit dem seiner Gegner. Er achtet darauf, wie die Mitspielenden ihre Karten in der Hand ordnen; oft zählt er Trumpf auf Trumpf, Honneurs auf Honneurs an den Blicken nach, mit denen ihre Besitzer sie mustern. Er merkt sich im Verlaufe des Spieles jede Veränderung ihres Gesichtsausdruckes und zieht seine Schlüsse aus jedem Wort, aus jeder Triumph, Überraschung oder Ärger verratenden Geste. Aus der Art, wie jemand einen Stich aufnimmt, schließt er darauf, ob der Betreffende noch mehr Stiche in dieser Farbe machen kann. Ebenso erkennt er an der Weise, wie eine Karte auf den Tisch geworfen wird, ob jemand mogelt. Ein zufälliges, unbedachtes Wort, das gelegentliche Fallenlassen oder Umwenden einer Karte, die Ängstlichkeit, einen so unbedeutenden Vorgang verbergen zu wollen, oder auch die Gleichgültigkeit dagegen, das Zählen der Stiche und die Art, sie zu ordnen, das verwirrte, zögernde, hastige oder übereifrige Wesen der Spielenden, alles muss ihm zum Erkennungszeichen dienen, das ihm den Stand der Dinge verrät. Er macht dabei den Eindruck, als erkenne er alles kraft seiner Intuition. Wenn die ersten zwei oder drei Runden gespielt sind, dann weiß er genau, in welcher Hand die Karten sind, und er spielt die seinen mit einer so absoluten Sicherheit aus, als ob sämtliche Mitspielenden ihm die ihrigen zeigten.

Indessen darf man das Analysierungsvermögen keineswegs mit der Klugheit verwechseln, denn während der Analytiker unbedingt klug ist, haben doch oft recht kluge Leute nicht das geringste Talent zur Analyse. Die Kombinationsgabe, durch die sich die Klugheit gewöhnlich äußert und der die Phrenologen, wie ich glaube irrtümlich, ein besonderes Organ zugewiesen haben, da sie dieselbe für eine angeborene Fähigkeit halten, ist so häufig bei Menschen, deren Verstand beinahe an Blödsinn grenzt, wahrgenommen worden, dass diese Tatsache die Aufmerksamkeit vieler Gelehrten auf sich gezogen hat. Zwischen Klugheit und analytischer Fähigkeit besteht ein Unterschied, der größer ist als der zwischen Phantasie und Einbildungskraft; indessen ist er von streng analogem Charakter. Man kann beinahe mit Sicherheit behaupten, dass die klugen Menschen stets phantasiereich und die mit wirklicher Einbildungskraft begabten stets Analytiker sind. –

Nachstehende Erzählung möge dem Leser als Kommentar dieser Behauptungen dienen.

Als ich mich im Frühling und während eines Teils des Sommers 18.. in Paris aufhielt, machte ich die Bekanntschaft eines Monsieur C. Auguste Dupin. Dieser junge Mann gehörte einer sehr guten, ja sogar einer berühmten Familie an, die jedoch durch eine Reihe von Schicksalsschlägen in so tiefe Armut geraten war, dass die Energie seines Charakters darunter erlag, so dass er sich ganz von der Welt zurückgezogen hatte und keine Versuche mehr machte, sich in eine bessere Lage emporzuarbeiten. Seine Gläubiger waren so anständig gewesen, ihn im Besitze eines kleinen Restes seines väterlichen Vermögens zu lassen, dessen Zinsen bei äußerster Sparsamkeit zu einem sehr bescheidenen Leben hinreichten, ihm jedoch auch nicht den kleinsten Luxus gestatteten. Bücher waren das einzige, dem er nicht ganz zu entsagen vermochte – und diesen Luxus kann man sich in Paris ohne große Kosten leisten.

Wir begegneten uns zum erstenmal in einem obskuren Buchladen in der Rue Montmartre, wo der Zufall, dass wir beide dasselbe, übrigens sehr seltene und merkwürdige Buch suchten, uns in nähere Beziehung zueinander brachte. Von da an trafen wir uns zuweilen. Ich interessierte mich lebhaft für seine Familiengeschichte, die er mir mit der ganzen Aufrichtigkeit erzählte, in der der Franzose sich gefällt, wenn er von seinem eigenen Ich spricht. Sehr überrascht war ich von seiner ungeheuren Belesenheit, vor allem aber war es die seltene Frische und Lebendigkeit seiner Phantasie, die mich interessierte und anregte. Da er dieselben Ziele verfolgte, um derentwillen ich mich in Paris aufhielt, fühlte ich, dass die Gesellschaft dieses Mannes für mich von unendlichem Wert sein könnte, und ich machte ihm gegenüber auch kein Hehl daraus. Wir machten also miteinander aus, dass wir, so lange mein Aufenthalt in Paris dauern würde, zusammen wohnen wollten. Da meine Vermögensverhältnisse besser waren als die seinigen, konnte ich es mir erlauben, für uns auf meine Kosten ein ziemlich vernachlässigtes und wunderlich aussehendes Häuschen zu mieten, das in einem abgelegenen, einsamen Teil des Faubourg St. Germain lag. Irgendeines Aberglaubens wegen, dem wir nicht weiter nachforschten, hatte es schon lange unbewohnt gestanden; ich richtete es in einem Stil ein, der der phantastischen Düsterkeit unserer gewöhnlichen Stimmung entsprach.

Hätte die Welt gewusst, welche Lebensweise wir in diesem Häuschen führten, so würde man uns wahrscheinlich für Wahnsinnige gehalten haben, wenn auch für sehr harmlose. Unsere Abgeschiedenheit war eine vollkommene. Wir nahmen keine Besuche an. Ich hatte meinen früheren Bekannten und Freunden überhaupt nichts von meinem Wohnungswechsel gesagt, und Dupin lebte schon seit vielen

Jahren so einsam, dass ihn in Paris niemand mehr kannte. Wir lebten ganz allein für uns.

Es war eine Marotte meines Freundes – denn wie anders sollte ich es nennen? – dass er in die Nacht um ihrer selbst willen verliebt war; wie alle seine Launen machte ich auch diese mit; ich ließ mich überhaupt ganz von ihm leiten und hieß alle seine bizarren Einfälle gut. Da die Göttin der Nacht nicht immer freiwillig bei uns hausen wollte, erdachten wir Mittel und Wege, uns Ersatz für ihre Gegenwart zu schaffen. Beim ersten Morgengrauen schlossen wir die sämtlichen starken Fensterläden unseres alten Hauses und steckten ein paar duftende Kerzen an, die nur schwache, gespensterhafte Strahlen aussandten. Mit ihrer Hilfe wiegten wir die Seele in Träume – wir lasen, schrieben und unterhielten uns, bis die Uhr uns den Anbruch der wirklichen Dunkelheit verkündete. Dann eilten wir in die Straßen, wo wir Arm in Arm umherschlendernd die Gespräche des Tages fortsetzten, und oft streiften wir bis in die tiefe Nacht umher und suchten im grellen Licht und tiefen Schatten der volkreichen Stadt jene Unendlichkeit geistiger Anregung, die stummes Beobachten sich zu verschaffen weiß.

Bei solchen Gelegenheiten konnte ich nicht umhin, immer wieder Dupins eigenartige analytische Begabung zu bemerken und zu bewundern, obwohl mich sein reiches Geistesleben schon darauf vorbereitet hatte. Er schien auch mit großer Freude diese Gabe zu pflegen, wenngleich er niemals damit renommierte, und er gestand mir offen ein, dass sie für ihn eine Quelle manchen Genusses sei. Mit leisem Kichern rühmte er sich zuweilen, dass für ihn die meisten Menschen ein Fensterchen auf der Brust hätten, und er unterstützte derartige Behauptungen auf der Stelle durch geradezu verblüffende Beweise seiner genauen Kenntnis meines eigenen Seelenlebens. In solchen Augenblicken war er kalt und geistesabwesend, seine Augen starrten ausdruckslos, und seine Stimme, die sonst einen weichen Tenorklang hatte, sprang in hohen Diskant hinauf, der lächerlich gewirkt haben würde, hätte er nicht dabei besonders deutlich und bedächtig gesprochen. Wenn ich ihn in solchen Stimmungen beobachtete, musste ich immer wieder an die alte Philosophie von dem Zweiseelensystem denken, und mich belustigte der Gedanke, einen doppelten Dupin vor mir zu haben – einen schöpferischen und einen zerstörenden.

Es wäre übrigens falsch, wenn man aus dem Gesagten schließen wollte, dass ich ein Geheimnis zu enthüllen oder einen Roman zu schreiben beabsichtige. Die eben geschilderten Eigenschaften des Franzosen waren lediglich Resultate einer überreizten, vielleicht auch einer krankhaften Intelligenz. Ich glaube durch ein Beispiel die beste Vorstellung von dem Charakter der Aussprüche, die er zu solchen Zeiten machte, geben zu können.

Wir schlenderten eines Abends durch eine lange schmutzige Straße in der Nähe des Palais Royal. Da wir beide ganz mit unseren eigenen Gedanken beschäftigt waren, hatten wir schon länger als eine Viertelstunde keine Silbe miteinander gesprochen. Plötzlich brach Dupin ganz unvermittelt in die Worte aus: »Er ist wirklich ein sehr kleiner Kerl, das ist wahr! Er würde besser für das Varieté passen.«

»Zweifellos«, erwiderte ich unwillkürlich, und ich war so ganz in meine Gedanken vertieft, dass ich im ersten Augenblick nicht merkte, in wie seltsamer Weise seine Worte mit meinem Gedankengang übereinstimmten. Das fiel mir erst einen Augenblick nachher auf, und da war ich allerdings ziemlich verblüfft.

»Dupin«, sagte ich in ernstem Tone, »das geht über mein Verständnis. Ich zögere nicht, Ihnen zu gestehen, dass ich aufs Höchste verwundert bin und meinen Sinnen kaum zu trauen vermag. Wie ist es nur möglich, dass Sie wissen konnten, dass ich gerade dachte an ...?« Ich hielt inne, um mich zu überzeugen, ob er wirklich den Namen wisse.

»An Chantilly natürlich«, sagte er; »warum halten Sie inne? Sie dachten doch gerade darüber nach, dass seine kleine Gestalt ihn wirklich untauglich zum Tragöden mache.«

Damit hatten meine Gedanken sich wirklich beschäftigt. Chantilly war ein Flickschuster aus der Rue St. Denis, der, von einer wahren Leidenschaft für das Theater ergriffen, es durchgesetzt hatte, in der Rolle des Xerxes in Crébillons gleichnamiger Tragödie aufzutreten, der aber natürlich durchgefallen war und für all seine Mühe nur Hohn und Spott geerntet hatte.

»Sagen Sie mir um des Himmels willen«, rief ich aus, »nach welcher Methode Sie vorgegangen sind – wenn hier überhaupt von einer Methode die Rede sein kann –, um so in meiner Seele lesen zu können!«

Ich war in der Tat noch viel verblüffter, als ich ihm zeigen wollte.

»Es war der Obsthändler«, antwortete mein Freund gelassen, »der den Gedanken in Ihnen anregte, dass der Flickschuster für die Darstellung eines Xerxes und ähnlicher Rollen nicht die nötige Figur habe.«

»Der Obsthändler! Sie setzen mich in Erstaunen! Ich weiß nichts von einem Obsthändler.«

»Ich meine den Mann, der gegen Sie anrannte, als wir in die Rue C. einbogen; es ist kaum eine Viertelstunde her.«

Ich erinnerte mich jetzt daran, dass, als wir aus der Rue C. in den Durchgang einbogen, in dem wir uns jetzt befanden, ein Mann, der einen großen Korb mit Äpfeln auf dem Kopfe trug, so heftig gegen mich anrannte, dass ich beinahe umgefallen wäre. Aber was das mit Chantilly zu tun haben sollte, war mir unerfindlich.

Dupin hatte auch nicht die Spur von Scharlatanerie an sich. »Ich werde Ihnen das erklären«, sagte er einfach, »und damit Sie mich ganz verstehen, wollen wir den Gang ihrer Gedanken von dem Augenblick an, wo ich zu Ihnen sprach, bis zu dem, wo der Obsthändler gegen Sie anrannte, zurückverfolgen. Die Hauptglieder dieser Gedankenkette sind folgende: Chantilly, Orion, Dr. Nichols, Epikur, Stereotomie, das Straßenpflaster, der Obsthändler ...«

Es gibt wenig Personen, denen es nicht in irgendeiner Periode ihres Lebens Vergnügen gemacht hätte, den Stufengang zurückzuverfolgen, auf dem ihr Geist zu gewissen Schlüssen gelangte. Diese Beschäftigung kann sehr interessant sein; wer es zum ersten Male versucht, ist erstaunt über die scheinbar unendliche Entfernung zwischen dem Ausgangspunkte und dem Endpunkte und über den scheinbaren Mangel jeden Zusammenhangs zwischen beiden. Man denke sich daher mein Erstaunen über das, was der Franzose nun zu mir sagte, da ich zugeben musste, dass er die Wahrheit sprach. Er fuhr fort:

»Wir hatten, wenn ich mich recht erinnere, in der Rue C. von Pferden gesprochen. Das war unser letztes Gesprächsthema. Als wir in diese Straße hier einbogen, kam uns der Obsthändler mit einem großen Korbe auf dem Kopfe entgegen; er war sehr in Eile und stieß Sie gegen einen Haufen von Pflastersteinen, die an einer Stelle, wo die Straße ausgebessert werden sollte, aufgeschüttet lagen. Sie traten auf einen lose liegenden Stein, glitten aus und verstauchten sich leicht den Fuß, was Sie zu verstimmen schien, denn Sie murmelten ein paar Worte, blickten ärgerlich auf den Haufen Steine und setzten schweigend ihren Weg fort. Obwohl ich Ihnen durchaus keine besondere Aufmerksamkeit schenkte, ist mir doch das Beobachten in letzter Zeit zur anderen Natur geworden.

Ich bemerkte, dass Sie den Blick zu Boden gesenkt hielten und mit verschlossener Miene die vielen Löcher und Unebenheiten der Straße betrachteten. Ich sah also, dass Sie noch immer an die Steine dachten. Erst als wir die kleine Lamartinegasse erreichten, deren Pflasterung versuchsweise mit fest ineinander greifenden Holzblöcken hergestellt ist, erhellte sich der Ausdruck Ihres Gesichts, und Ihre Lippen murmelten das Wort ›Stereotomie‹, eine etwas anspruchsvolle Bezeichnung für diese einfache Art der Pflasterung. Ich wusste, dass Sie dieses Wort nicht denken könnten, ohne danach an Atome und an die Lehre Epikurs denken zu müssen. Hatten wir uns doch vor nicht langer Zeit über solche Dinge unterhalten, und ich äußerte damals, wie seltsam es sei, dass die vagen Vermutungen dieses tiefsinnigen Griechen durch die neuesten Entdeckungen der Nebel-Kosmogonie eine so glänzende und dennoch so wenig beachtete Bestätigung gefunden hätten. Ich erwartete also jetzt mit Bestimmtheit, dass Sie zu dem großen Nebel des Orion aufblicken würden. Sie taten dies wirklich, und ich war nun meiner Sache sicher und wusste, dass ich Ihren Gedankengang richtig verfolgt hatte. In der abfälligen Kritik, die gestern im ›Musée‹ über Chantilly erschien, machte der Verfasser sich auch über die Namensänderung lustig, die der Flickschuster beim Besteigen des Kothurn für nötig gehalten, und zitierte einen lateinischen Spruch, über den wir oft gesprochen haben: ›Perdidit antiquum litera prima sonum‹.

Ich hatte Ihnen gestern gesagt, dass diese Zeile sich auf den Orion, früher Urion genannt, bezöge, und da ich bei dieser Gelegenheit ein paar bissige Bemerkungen gemacht hatte, glaubte ich sicher zu sein, dass Sie sich unserer Unterhaltung erinnern würden. Es war daher gewiss, dass Sie nicht verfehlen würden, die beiden Begriffe Orion und Chantilly miteinander zu verbinden. Dass Sie dies wirklich taten, ersah ich aus dem Lächeln, das um Ihre Lippen spielte. Sie dachten an das tragische Geschick des armen Flickschusters. Bis dahin war Ihre Haltung nachlässig gebückt gewesen, nun sah ich, wie Sie sich plötzlich zu Ihrer vollen Höhe aufrichteten. Ich war ganz sicher, dass Sie an die kleine Gestalt Chantillys dachten. Ich unterbrach Ihren Gedankengang mit der Bemerkung, dass er wirklich ein kleines Kerlchen sei, dieser Chantilly, und dass er besser daran täte, wenn er zum Varieté ginge.« –

Nicht lange danach lasen wir die Abendausgabe der ›Gazette des Tribunaux«. Unsere Aufmerksamkeit wurde durch folgende Stelle gefesselt:

»Sensationeller Mord. – Heute morgen gegen drei Uhr wurden die Bewohner des Quartiers St. Roch durch entsetzliche Schreie geweckt, die anscheinend aus dem vierten Stockwerk eines Hauses der Rue Morgue drangen, das, wie man wusste, von einer gewissen Madame L'Espanaye und deren Tochter Mademoiselle Camille L'Espanaye allein bewohnt wurde. Nach einer Verzögerung, entstanden durch den fruchtlosen Versuch, sich auf gewöhnlichem Wege Einlass zu verschaffen, wurde das Haustor mit einer Eisenstange erbrochen, worauf acht bis zehn Nachbarn in Begleitung zweier Gendarmen in das Haus drangen. Das Geschrei war unterdessen verstummt, aber als die Leute die Treppe hinaufstürzten, vernahmen sie von oben her deutlich den Klang von zwei oder mehr rauhen Stimmen, die heftig und laut miteinander stritten. Als man den zweiten Treppenabsatz erreicht hatte, hörten auch diese Töne auf, und es wurde plötzlich totenstill. Die eingedrungenen Personen teilten sich in verschiedene Parteien und eilten von einem Zimmer in das andere. Als man endlich ein großes Hinterzimmer des vierten Stockes erreichte (die Türe dieses Zimmers war von innen verschlossen und musste aufgebrochen werden), bot sich ein Anblick dar, der alle Anwesenden mit Grauen und höchster Verwunderung erfüllte.

In dem Zimmer herrschte die wildeste Unordnung; die Möbel waren zertrümmert und lagen überall umher. Das Zimmer enthielt eine Bettstatt, und aus dieser waren sämtliche Kissen herausgerissen und in die Mitte des Zimmers geschleppt worden. Auf einem Stuhle lag ein blutiges Rasiermesser. Auf dem Kamin fand man zwei oder drei lange, dicke Strähnen grauen Menschenhaares, die ebenfalls mit Blut besudelt waren und mit den Wurzeln ausgerissen zu sein schienen. Über den Fußboden zerstreut fand man vier Napoleons, einen Topas-Ohrring, drei große silberne Löffel, drei kleinere aus Neusilber, ferner zwei Beutel, die viertausend Franken in Gold enthielten. Aus einem in der Ecke stehenden Schreibtisch waren die Schubfächer herausgezogen und offenbar ausgeplündert worden, obwohl noch viele Gegenstände darin lagen. Unter den Bettkissen, nicht unter der Bettstatt, entdeckte man eine kleine eiserne Kassette. Sie war offen, der Schlüssel steckte in dem Schloss; ihr Inhalt bestand nur aus einigen alten Briefen und anderen belanglosen Papieren.

Von Madame L'Espanaye war keine Spur zu entdecken; da man aber den Kamin und den Fußboden davor ganz mit Ruß bedeckt fand, forschte man im Schornstein nach, und man zog – grässlich, es zu sagen! – den Leichnam der Tochter daraus hervor, der mit dem Kopf nach unten ziemlich hoch in den engen Schornstein hinaufgestopft worden war. Der Körper war noch ganz warm. Bei der Untersuchung fanden sich zahlreiche Hautabschürfungen, die wahrscheinlich durch die Heftigkeit, mit der der Leichnam in den Schornstein hinaufgestoßen und dann wieder heruntergezogen wurde, verursacht worden waren. Auf dem Gesichte fand man viele schwere Kratzwunden, während sich am Halse schwarze Quetschwunden und der tiefe Eindruck von Fingernägeln vorfanden, die darauf hindeuteten, dass das Mädchen erdrosselt worden war.

Nachdem man jeden Winkel des Hauses auf das gründlichste untersucht hatte, ohne jedoch etwas Weiteres zu entdecken, drangen die Leute in einen kleinen gepflasterten Hof, der hinter dem Hause lag. Und hier war es, wo man die Leiche der alten Dame fand. Der Kopf war vom Rumpfe abgetrennt und hing nur noch durch ein Stück Haut lose damit zusammen, so dass er abfiel, als man die Leiche aufzuheben versuchte. Der Körper sowohl wie der Kopf waren in unerhörter, grauenhaftester Weise verstümmelt, und besonders der erstere sah kaum noch menschenähnlich aus.

Trotz aller Bemühungen ist es bis jetzt noch nicht gelungen, den Schlüssel zu diesem entsetzlichen Geheimnis zu finden ...«

Tags darauf brachte dieselbe Zeitung noch einige weitere Einzelheiten über den grauenhaften Fall.

»Die Tragödie in der Rue Morgue. Viele Personen sind schon in dieser außergewöhnlichen und grauenhaften Sache vernommen worden, doch fand sich nicht das Geringste, was Licht in diese dunkle Angelegenheit gebracht hätte. Wir geben hier die Aussagen der vernommenen Zeugen.

Pauline Dubourg, Wäscherin, sagt aus, dass sie die beiden verstorbenen Damen schon seit drei Jahren gekannt habe, da sie während dieser Zeit die Wäsche für sie besorgte. Mutter und Tochter hätten viel voneinander gehalten und seien stets sehr zärtlich miteinander gewesen. Sie bezahlten alles sofort. Wie und wovon sie gelebt, darüber könne sie nichts sagen. Man munkele, dass Madame L'Espanaye von Beruf Wahrsagerin gewesen sei. Jedenfalls ging die Rede, dass sie Geld gehabt habe. Die Zeugin sagte ferner aus, sie sei im Haus niemals jemandem begegnet, wenn sie die Wäsche geholt oder zurückgebracht habe. Sie wisse mit Bestimmtheit, dass die Damen keine Dienstboten gehabt hätten. Sie habe angenommen, dass nur der vierte Stock des Hauses möbliert gewesen, und dass es im übrigen ganz unbewohnt gewesen sei.

Peter Moreau, Tabakhändler, sagt aus, dass er seit etwa vier Jahren der Madame L'Espanaye ab und zu kleine Quantitäten Rauch- und Schnupftabak verkauft habe. Er sei in der Nachbarschaft geboren und habe immer in der Rue Morgue gewohnt. Die alte Dame und ihre Tochter hätten schon seit mehr als sechs Jahren ganz allein in dem Hause gewohnt, in dem man ihre Leichen gefunden hatte. Das Haus gehörte Madame L'Espanaye. In früheren Zeiten hatte sie es an einen Juwelier vermietet; der Missbrauch aber, den dieser mit den oberen Räumen trieb, indem er sie an alle möglichen Leute in Untermiete gab, hatte den Unwillen der alten Dame erregt. Sie zog also selbst in das Haus und weigerte sich von da an hartnäckig, die nicht von ihr bewohnten Räume anderweitig zu vermieten. Der Zeuge meint, Madame L'Espanaye sei etwas kindisch gewesen. Er sagt, dass er die Tochter während der sechs Jahre kaum mehr als fünf- oder sechsmal gesehen habe. Die beiden Frauen hätten ein außerordentlich zurückgezogenes Leben geführt – indessen hätten sie allgemein in dem Rufe gestanden, Geld zu haben. Er hatte auch gehört, dass die Leute in der Nachbarschaft munkelten, Madame L'Espanaye sei eine Wahrsagerin – er habe das aber niemals geglaubt. Er habe nie jemand anders in das Haus treten gesehen als Mutter und Tochter, ein- oder zweimal einen Dienstmann und acht- oder zehnmal einen Arzt.

Noch viele andere Personen aus der Nachbarschaft bestätigten diese Aussage. Von irgendeinem regelmäßigen Verkehr in dem Hause konnte überhaupt gar keine Rede sein, man wusste nicht einmal, ob Madame L'Espanaye und ihre Tochter irgendwelche Verwandten hätten. Die Fensterläden der vorderen Zimmer wurden nur selten geöffnet, die nach dem Hofe waren stets geschlossen, mit Ausnahme derjenigen eines großen Zimmers in der vierten Etage. Das Haus war gut gebaut und nicht alt.

Isidor Muset, Gendarm, sagt aus, dass man ihn gegen drei Uhr morgens zu dem Hause geholt und dass er dort zwanzig bis dreißig Personen angetroffen habe, die vergebens versuchten, sich Eingang zu verschaffen. Er habe schließlich die Tür erbrochen, und zwar mit einem Bajonett, nicht mit einer Eisenstange. Es sei das nicht sehr schwierig gewesen, da es eine Flügeltüre war, die weder oben noch unten ordentlich zugeriegelt gewesen. Man habe oben aus dem Hause ein entsetzliches Geschrei gehört, aber in dem Augenblick, als die Tür aufflog, sei plötzlich alles still geworden. Es waren herzzerreißende Angstschreie gewesen, die, wie es schien, von einer oder mehreren Personen in größter

Todesangst ausgestoßen wurden. Der Zeuge war den anderen voran die Treppe hinaufgegangen. Als er den ersten Treppenabsatz erreicht hatte, vernahm er ganz deutlich zwei Stimmen, die laut und zornig miteinander stritten, die eine war rauh und barsch, während die andere einen ganz sonderbaren, schrillen, kreischenden Klang hatte. Er konnte ein paar der von der ersten Stimme gesprochenen Worte verstehen; es war die eines Franzosen; jedenfalls war es keine Frauenstimme, und er unterschied deutlich die Worte ›sacré‹ und ›diable‹. Die schrille Stimme hielt er für die eines Ausländers. Er war sich nicht ganz klar darüber, ob es die Stimme eines Mannes oder einer Frau gewesen sei, auch konnte er nicht bestimmt behaupten, in welcher Sprache sie sich ausgedrückt habe, er meinte jedoch, es sei Spanisch gewesen. Seine Beschreibung von dem Zustande des Zimmers und der Leichen stimmt genau mit unserer gestrigen Beschreibung überein.

Henri Duval, von Beruf Silberschmied, auch ein Nachbar, sagt aus, dass er einer der ersten gewesen, die in das Haus eingedrungen. Seine Aussage stimmt in der Hauptsache ganz mit der Musets überein. Er sagt: nachdem man sich den Eingang erzwungen, habe er rasch die Haustüre von innen abgeschlossen, um die nachdrängende Menge abzuhalten, die sich trotz der späten Stunde sehr bald ansammelte. Der Zeuge meint, die schrille Stimme, die auch er vernommen, sei die eines Italieners gewesen, bestimmt aber nicht die eines Franzosen. Er ist nicht ganz sicher, ob es die Stimme eines Mannes war, es könne auch eine weibliche Stimme gewesen sein. Er könne kein Italienisch und hätte daher natürlich kein Wort verstanden, aber nach dem Klang zu schließen, glaube er, dass es wirklich Italienisch gewesen sei. Gewiss, er habe Madame L'Espanaye und auch ihre Tochter gekannt. Er habe sich öfters mit beiden unterhalten. Es sei ganz ausgeschlossen, dass die schrille Stimme einer der beiden Verstorbenen angehört hätte.

Odenheimer, Restaurateur. Dieser Zeuge war nicht geladen, er ist freiwillig erschienen, um sein Zeugnis abzulegen. Er ist Holländer und aus Amsterdam gebürtig. Da er kein Französisch spricht, wurde er durch einen Dolmetscher vernommen. Er kam zufällig an dem Hause vorüber, als darin das entsetzliche Geschrei ertönte; er glaubt, dass es wenigstens zehn Minuten angedauert haben müsse. Es war ein langgezogenes, lautes, jammervolles und grauenhaftes Schreien. Er gehört zu denen, die in das Haus eindrangen. Seine Aussage stimmt durchaus mit der der anderen Zeugen überein – bis auf einen Punkt: er glaube nämlich mit Sicherheit behaupten zu können, dass die schrille Stimme die eines Mannes, und zwar eines Franzosen gewesen sei. Obgleich er die Worte nicht hatte verstehen können, habe er den Eindruck, als ob die Stimme zugleich angst- und zornerfüllt geklungen habe, sie habe laut, schnell und in abgebrochenen Tönen gesprochen. Die Stimme wäre ihm mehr heiser als schrill erschienen. Eine wirklich schrille Stimme wäre es nicht gewesen. Die andere, rauhe Stimme habe wiederholt ›sacré, diable‹ und einmal ›mon Dieu‹ gesagt.

Jules Mignaud, Bankier und Inhaber der Firma Mignaud & Sohn, Rue Deloraine. Er ist der ältere Mignaud. Er sagt aus: Madame L'Espanaye hatte Vermögen und stand seit dem Frühling 18.. (also seit acht Jahren) in geschäftlicher Verbindung mit seinem Bankhause. Sie hatte mit der Zeit mehrere kleinere Summen bei ihm deponiert, aber nie Kapital zurückgezogen, bis drei Tage vor ihrem Tode, wo sie persönlich die Summe von viertausend Franken erhoben hatte. Die Summe wurde in Gold ausbezahlt, und ein Kommis brachte ihr das Geld ins Haus.

Adolphe Lebon, Kommis bei Mignaud & Sohn, sagt aus, dass er an dem betreffenden Tage gegen Mittag Madame L'Espanaye begleitet habe, um ihr die in zwei Beutel verpackten viertausend Franken nach Hause zu tragen. Als die Türe geöffnet worden, sei Mademoiselle L'Espanaye erschienen, und er habe ihr den einen Beutel eingehändigt, während die alte Dame ihm den anderen selbst abgenommen habe. Er habe sich dann verabschiedet und sei gegangen. In der Straße habe er zu dieser Zeit keinen Menschen bemerkt. Die Rue Morgue sei eine Nebenstraße und sehr einsam.

William Bird, Schneider, sagt aus, dass er ebenfalls zu denen gehört, die in das Haus gedrungen seien. Er ist Engländer. Er hat zwei Jahre in Paris gelebt. Er war einer der ersten, die die Treppe hinaufstiegen. Er hat einige Worte verstanden, kann sich aber nicht aller erinnern. Dass ›sacré, diable‹ und ›mon Dieu‹ gesagt wurde, hat er deutlich verstanden. Er hat ein Geräusch vernommen, als ob sich mehrere Personen miteinander balgten – darauf ein scharrendes, schlürfendes Geräusch. Die schrille Stimme sei sehr laut, lauter als die barsche gewesen. Er sei sicher, dass es nicht die Stimme eines Engländers, viel eher die eines Deutschen gewesen sei, vielleicht könne es auch eine Frauenstimme gewesen sein. Er verstände kein Deutsch.

Vier der genannten Zeugen sagten, als sie wieder vorgerufen wurden, übereinstimmend aus, dass die Tür des Zimmers, in dem man die Leiche von Mademoiselle L'Espanaye gefunden habe, von innen verschlossen gewesen sei. Als man oben ankam, sei plötzlich alles still gewesen – von einem Stöhnen oder sonstigen Geräusch irgendeiner Art war nichts mehr zu hören. Man erbrach die Tür, aber niemand war in dem Zimmer zu sehen. Die Fenster des hinteren wie des vorderen Zimmers seien geschlossen und von innen verriegelt gewesen. Die Verbindungstür zwischen den beiden Zimmern war zu, jedoch nicht verschlossen. Ein kleines, auf dem vierten Stock nach der Straße gelegenes Zimmer am Ende des Korridors stand weit offen. Dieses Zimmer war mit alten Brettern und Koffern ganz voll gestopft. Es wurde ausgeräumt und auf das sorgfältigste durchsucht. Es war überhaupt in dem ganzen Hause nicht das kleinste Winkelchen, das man nicht gründlich durchsucht hätte. Man ließ Schornsteinfeger kommen, die die Schornsteine und Kaminröhren kehren mussten. Das Haus hat vier Stockwerke und enthält außerdem noch einige Mansarden. Auf dem Dache befindet sich eine kleine Falltür, die man aber fest vernagelt gefunden hatte und die seit Jahren nicht mehr benutzt zu sein schien. Über die Länge der Zeit von dem Augenblick an, wo man die streitenden Stimmen vernahm, bis zu dem, wo man die Zimmertür aufbrach, schwanken die Aussagen der Zeugen. Einige meinten, es könne sich höchstens um zwei oder drei Minuten handeln, andere behaupteten, es seien wenigstens fünf gewesen. Es war schwer gewesen, die Tür zu öffnen.

Alfonzo Garcio, Begräbnisbesorger, sagt aus, dass er in der Rue Morgue wohne. Er ist geborener Spanier. Gehört zu den Leuten, die in das Haus eingedrungen, ging aber nicht mit die Treppe hinauf. Ist nervenschwach und fürchtete die Folgen der Aufregung. Die streitenden Stimmen hat er jedoch deutlich gehört. Die rauhe Stimme war die eines Franzosen, und er glaubt sich nicht zu irren, wenn er die schrille Stimme für die eines Engländers halte. Zeuge versteht zwar kein Englisch, urteilt aber nach der Aussprache der Worte.

Alberto Montani, Konditor, sagt aus, er sei einer der ersten gewesen, die die Treppe hinaufgeeilt wären. Er hat die streitenden Stimmen gehört. Die barsche Stimme sei die eines Franzosen gewesen. Zeuge behauptet, einige Worte verstanden zu haben. Es sei ihm so vorgekommen, als ob der Sprecher einem anderen Vorstellungen mache. Von dem, was die schrille Stimme gesagt, habe er nichts verstehen können, sie habe schnell und in abgebrochenen Lauten gesprochen. Zeuge meint, dass es die Stimme eines Russen gewesen sei. In allen wesentlichen Punkten stimmt er vollständig mit der Aussage der anderen Zeugen überein. Er ist Italiener. Er hat niemals mit einem geborenen Russen gesprochen.

Mehrere wieder aufgerufene Zeugen bestätigen, dass die Kamine aller Zimmer der vierten Etage viel zu eng seien, als dass ein menschliches Wesen dadurch hätte entkommen können. Unter Besen verstände man jene zylinderförmigen Kehrbesen, wie die Schornsteinfeger sie zum Reinigen der Kamine gebrauchen. Man sei mit solchen Besen durch sämtliche Schornsteine des Hauses auf und nieder gefahren. Es gibt in dem Hause keine Hintertreppe oder einen sonstigen Ausweg, durch den sich jemand hätte retten können, während die Zeugen die Treppe hinaufeilten. Der Körper der Mademoiselle L'Espanaye war so fest in den engen Kamin hineingezwängt, dass es nur den vereinten Kräften von vier oder fünf Männern gelang, ihn wieder herunterzuziehen.

Paul Dumas, Arzt, sagt aus, dass man ihn gegen drei Uhr gerufen habe, um die Besichtigung der Leichen vorzunehmen. Sie lagen beide auf der Matratze des Bettes, das in dem Zimmer stand, in dem man Mademoiselle L'Espanaye gefunden hatte. An dem Körper der jungen Dame hatte er viele Quetschungen und Hautabschürfungen gefunden. Es war dies nur zu erklärlich, wenn man den Umstand in Betracht zog, dass das unglückliche Mädchen mit roher Gewalt in den Schornstein hinaufgezwängt worden war. Der Kehlkopf war vollständig zusammengepresst. Unter dem Kinn befanden sich mehrere tiefe Kratzwunden, sowie eine Reihe blauer Flecken, die offenbar von einem heftigen, mit Fingern ausgeübten Druck herrührten. Das Gesicht war grässlich entstellt, die Augen waren aus ihren Höhlen hervorgequollen, die Zunge halb durchgebissen. Auf der Magengrube wurde eine große Quetschung entdeckt, die anscheinend von dem Druck des Knies herrührte. Monsieur Dumas war der Meinung, dass Mademoiselle L'Espanaye von einer oder mehreren Personen erwürgt worden sei. Die Leiche der Mutter war ebenfalls in entsetzlicher Weise verstümmelt. Sämtliche Knochen des rechten Beins und des rechten Armes hatte er mehr oder weniger zerschmettert gefunden. Ebenso waren das linke Schienbein und die sämtlichen Rippen der linken Seite zersplittert gewesen. Der ganze Körper war in grauenhafter Weise mit Quetschungen bedeckt und zeigte blutunterlaufene Stellen; es sei ein ganz entsetzlicher Anblick gewesen. Es wäre unmöglich, festzustellen, wie und womit diese schweren Verletzungen herbeigeführt worden seien. Ein schwerer hölzerner Knüttel oder eine breite Eisenstange – ein Stuhl oder irgendeine große, schwere, stumpfe Waffe, von den Händen eines sehr starken Mannes geschwungen, könne solche Resultate hervorbringen. Eine Frau würde, mit welcher Waffe es auch sei, niemals so wuchtige Schläge austeilen können. Der Kopf der Toten war, als der Zeuge ihn zu Gesicht bekommen, ganz von dem Körper getrennt und vollständig zerschmettert gewesen. Offenbar sei der Hals mit einem sehr scharfen Instrument, wahrscheinlich einem Rasiermesser, durchschnitten worden.

Alexander Etienne, Wundarzt, war gleichzeitig mit Monsieur Dumas zur Leichenschau gerufen worden. Er bestätigte in allen Punkten das Zeugnis und Gutachten des Monsieur Dumas.

Obgleich noch verschiedene andere Personen verhört wurden, ließ sich nichts Weiteres feststellen. Noch nie ist in Paris ein so geheimnisvolles Verbrechen verübt worden, dessen Einzelheiten so unerklärlich sind – man möchte beinahe fragen, ob hier wirklich ein Mord vorliegt? Jedenfalls hat die Polizei bis jetzt auch nicht die kleinste Spur gefunden, die sich verfolgen ließe, und das ist bei derartigen Dingen etwas ganz Ungewöhnliches. Bis zur Stunde fehlt jeder Schlüssel, der dieses furchtbare Rätsel zu lösen vermöchte ...«

In der Abendausgabe derselben Zeitung hieß es dann, dass in dem Quartier St. Roch noch immer die höchste Aufregung herrsche, dass der Tatort wieder, und zwar auf das sorgfältigste untersucht worden sei, dass man noch mehr

Personen verhört habe, aber leider ohne das geringste Ergebnis. In einer Nachschrift wurde mitgeteilt, Adolphe Lebon sei verhaftet und in das Untersuchungsgefängnis abgeführt worden, obgleich er durch seine Aussage durchaus nicht belastet erscheine und nichts gegen ihn vorläge.

Dupin schien sich für den Verlauf dieser Angelegenheit auf das lebhafteste zu interessieren, wenigstens schloss ich das aus der Art seines Benehmens: er erwähnte die Sache jedoch mit keinem Wort. Erst nachdem die Zeitung die Nachricht von der Verhaftung Lebons brachte, fragte er mich, was ich von dieser geheimnisvollen Angelegenheit dächte.

Ich stimmte mit der Meinung von ganz Paris überein, dass die Affäre in ein undurchdringliches Dunkel gehüllt sei und dass man bis jetzt auch nicht die kleinste Hoffnung hätte, die Spur der Mörder aufzudecken.

»Was das betrifft«, sagte Dupin, »so dürfen wir uns keinesfalls mit dem Resultate dieser immerhin nur oberflächlichen Untersuchung begnügen. Die Pariser Polizei, die ihres Scharfsinns wegen so sehr gerühmt wird, ist schlau – sonst aber auch nichts. Ihrem Vorgehen liegt keine andere Methode zugrunde, als die, die ihr der Augenblick eingibt. Die von ihr angewandten Mittel, auf die sie sehr stolz ist, entsprechen dem Zwecke jedoch oft so wenig, dass man dabei unwillkürlich an die Anekdote von Monsieur Jourdain erinnert wird – ›qui demandait sa robe de chambre – pour mieux entendre la musique‹.[1] Man muss zugeben, dass sie trotzdem zuweilen ganz überraschende Resultate erzielt, aber diese verdankt sie wirklich nur ihrem Fleiße und ihrer Rührigkeit. Da, wo diese Eigenschaften nicht ausreichen, hat sie eben keinen Erfolg. Vidocq zum Beispiel war ein

---

[1] der nach seinem Schlafrock rief – um die Musik besser hören zu können.

Mann, der geschickt im Kombinieren und Erraten, dabei von großer Ausdauer war. Da aber sein Denken nicht die nötige Schulung hatte, machte er viele Fehler, und hauptsächlich durch die zu große Intensität seiner Nachforschungen. Er verlor die Übersicht dadurch, dass er die Dinge zu sehr aus der Nähe betrachtete. Einzelne Punkte erkannte er freilich mit ungewöhnlicher Klarheit, aber naturgemäß verlor er darüber den Überblick über das Ganze. Ein Beweis dafür, dass es nicht taugt, allzu tiefsinnig zu sein. Die Wahrheit ist keineswegs immer in einem Brunnen versteckt. Ich glaube vielmehr, dass sie, soweit wichtigere Dinge in Frage kommen, meist auf der Oberfläche liegt. Die Wahrheit liegt nicht in den tiefen Tälern, wo wir sie suchen, sie liegt auf der Höhe der Berge, wo wir sie finden. Die Beobachtungen der Himmelskörper versinnbildlicht uns in ausgezeichneter Weise Art und Ursprung jenes Irrtums. Wenn man einen Stern ganz flüchtig oder schielend anblickt, so dass man ihm nur die äußeren Teile der Netzhaut zuwendet, die für schwache Lichteindrücke empfänglicher sind als die inneren, so sieht man den Stern in seinem vollen Glanze ganz deutlich; je länger und schärfer wir ihn aber anschauen, je intensiver wir unseren Blick darauf richten, um so mehr wird sein Glanz verblassen. In letzterem Falle konzentrieren sich ja tatsächlich mehr Strahlen auf dem Auge, aber im ersteren besitzt dieses eine feinere, man möchte sagen, geistigere Aufnahmefähigkeit. Durch zu große Gründlichkeit verwirren wir unseren Geist und schwächen die Kraft der Gedanken ab. Ist es doch sogar möglich, selbst die strahlende Venus vom Firmament schwinden zu sehen, wenn man zu lange und zu scharf darauf hinblickt. – Was nun diese Mordtat betrifft, so wollen wir lieber zuerst die Sache selbst näher untersuchen, ehe wir uns ein Urteil darüber bilden. Ich verspreche mir viel Spaß davon.«

Ich fand diesen Ausdruck nicht eben glücklich gewählt, sagte aber nichts.

»Außerdem hat Lebon mir einmal einen Dienst erwiesen, für den ich mich dankbar zeigen möchte«, fügte er hinzu. »Wir wollen zunächst den Tatort mit unseren eigenen Augen untersuchen. Ich kenne den Polizeipräfekten Monsieur G. – und ich glaube kaum, dass es mir schwerfallen wird, die nötige Erlaubnis zu erhalten.«

Er erhielt die Erlaubnis sofort, und wir begaben uns ohne weiteren Verzug nach der Rue Morgue. Es ist dies eine jener elenden Querstraßen, die die Rue Richelieu mit der Rue St. Roch verbinden. Es war schon etwas spät am Nachmittage, als wir unser Ziel erreichten, da dieser Stadtteil ziemlich weit von unserer Wohnung entfernt liegt. Das Haus fanden wir sofort; es war immer noch von vielen Menschen umlagert, die mit zweckloser Neugierde von der entgegengesetzten Seite der engen Straße auf die geschlossenen Fensterläden gafften. Es war ein gewöhnliches Pariser Haus mit einem Torweg, an dessen einer Seite ein Schiebefensterchen angebracht war, hinter dem sich ein Portierstübchen befand. Ehe wir jedoch eintraten, gingen wir die Straße hinauf und bogen in ein kleines Gässchen ein, dann wandten wir uns noch einmal seitwärts und kamen so an der Hinterfront des betreffenden Hauses vorbei. Dupin prüfte nicht nur das Haus, sondern die ganze Nachbarschaft, und zwar mit einer peinlichen Aufmerksamkeit, deren Grund mir nicht recht einleuchten wollte.

Wir gingen dann wieder zurück und kamen bald in der Rue Morgue und vor der Front des Hauses an. Wir klingelten und wurden, nachdem wir unseren Erlaubnisschein vorgezeigt hatten, von dem Wache haltenden Polizeibeamten eingelassen. Wir gingen die Treppe hinauf und zuerst in das Zimmer, in dem man die Leiche von Mademoiselle L'Espanaye gefunden hatte und wo auch jetzt die beiden Toten lagen. In dem Zimmer herrschte immer noch ein wildes Durcheinander, da, wie das bei solchen Fällen stets geschieht, der Tatort unverändert erhalten werden musste. Ich sah nichts anderes, als was die ›Gazette des Tribunaux‹ mitgeteilt hatte. Dupin untersuchte alles sorgfältig – sogar die Leichen der beiden Frauen. Dann gingen wir in die anderen Zimmer und in den Hof, während uns ein Gendarm überallhin begleitete. Die Untersuchung nahm uns bis zum Eintritt der Dämmerung in Anspruch, dann gingen wir.

Auf unserem Heimwege trat mein Begleiter für einige Augenblicke in die Expedition eines der Tageblätter ein. Ich habe bereits erzählt, dass mein Freund die seltsamsten Einfälle und Grillen hatte, und dass ich mich ihnen fügte. Es gefiel ihm plötzlich, das Thema der Mordtat mit keinem Wort mehr zu berühren, und erst am Nachmittag des darauffolgenden Tages rückte er ganz unvermittelt mit der Frage heraus, ob mir denn auf dem Schauplatz gar nichts Absonderliches aufgefallen sei.

In der Art, mit der er das Wort ›Absonderliches‹ betonte, lag etwas, das mich unwillkürlich schaudern machte, ohne dass ich wusste, weshalb.

»Nein«, sagte ich, »nichts Absonderliches, jedenfalls nichts anderes, als was auch in der Gerichtszeitung gestanden hat.«

»Die Gerichtszeitung«, antwortete er, »ist auf das ungewöhnlich Grauenhafte dieser Affäre nicht genügend eingegangen. Aber sehen wir ganz von dem Berichte dieses Blattes ab. Mir scheint es, als ob das für unlösbar gehaltene Geheimnis durchaus nicht unergründlich ist. Ich will damit sagen, dass gerade der outrierte Charakter aller Einzelheiten dieser furchtbaren Begebenheit nur ein kleines und deutlich begrenztes Feld von Vermutungen zulässt. Die Polizei steht ratlos und verwirrt vor einem Verbrechen, dessen Motive vielleicht weniger unbegreiflich sind als die wilde Scheußlichkeit, mit der die Mordtaten ausgeführt worden sind. Ebensowenig kann sie es begreifen, dass die Aussage so vieler Zeugen feststellt, in dem Zimmer, in dem Mademoiselle L'Espanaye ermordet gefunden wurde, habe ein aufgeregter Wortwechsel stattgefunden, während doch, als man eindrang, niemand darin war und ganz unmöglich jemand über die Treppe hätte entkommen können, ohne von den hinaufeilenden Leuten bemerkt zu werden. Die in dem Zimmer herrschende wilde Unordnung, die mit dem Kopf nach unten in den engen Schornstein hinaufgepresste Leiche, die entsetzlichen Verstümmelungen an dem Körper der alten Dame, sowie noch einige weitere Tatsachen, die ich nicht zu erwähnen brauche, haben genügt, um die Tatkraft der Polizei zu lähmen und ihren so viel gerühmten Scharfsinn irrezuführen. Die Polizei ist eben in den häufig vorkommenden, aber groben Irrtum verfallen, das Ungewöhnliche mit dem Unerforschlich scheinenden zu verwechseln. Indessen bin ich der Ansicht, dass gerade dieses Abweichen von dem Wege des Gewöhnlichen uns einen Fingerzeig dafür geben kann, was geschehen muss, um der Wahrheit auf die Spur zu kommen. Bei Untersuchungen dieser Art sollte man nicht so rasch fragen: was ist geschehen, als: was ist hier geschehen, was noch nicht vorher geschehen ist? Und in der Tat steht die Leichtigkeit, mit der ich dieses Rätsel lösen werde – oder vielmehr schon gelöst habe –, in direktem Verhältnis zu der scheinbaren Unlösbarkeit, die es für die Polizei hat.«

In sprachlosem Erstaunen starrte ich meinen Freund an.

»Ich warte in diesem Augenblicke«, fuhr er ruhig, auf die Zimmertür blickend, fort, »auf einen Mann, der, obwohl er vermutlich nicht selbst diese grässlichen Metzeleien verübt hat, doch jedenfalls in irgendeiner Beziehung dazu steht. An den schlimmsten Greueln dieses Verbrechens ist er wahrscheinlich unschuldig. Ich hoffe wenigstens, dass es so ist, denn ich habe meine ganze Hoffnung, das Rätsel zu lösen, auf diese Voraussetzung gegründet. Ich erwarte den Mann – hier, in diesem Zimmer –, er kann jeden Augenblick kommen. Es ist wahr, dass er möglicherweise auch nicht kommen könnte, aber aller Wahrscheinlichkeit nach wird er es tun. Sollte er kommen, so wird es unbedingt nötig sein, ihn festzuhalten. Hier sind Pistolen; wir beide wissen damit umzugehen, falls die Gelegenheit es erfordern sollte.«

Ich nahm die Pistolen, fast ohne zu wissen, was ich tat, und ohne zu glauben, was ich hörte, während Dupin, wie mit sich selber sprechend, fortfuhr. Ich habe das seltsame Wesen, in das er zu gewissen Zeiten verfiel, schon erwähnt. Obwohl seine Worte ja offenbar an mich gerichtet waren und er durchaus nicht laut sprach, bediente er sich doch jener eindringlichen, deutlichen Intonation, mit der man zu einer entfernteren Person spricht. Seine vollständig ausdruckslosen Augen hafteten mit starrem Blick an der Wand.

»Dass die von den Leuten auf der Treppe gehörten streitenden Stimmen nicht die der beiden Damen waren, ist durch die übereinstimmenden Aussagen der Zeugen vollständig bewiesen. Dieser Umstand macht die Frage, ob die alte Dame etwa möglicherweise selbst ihre Tochter ermordet und nachher Selbstmord begangen habe, vollständig überflüssig. Ich erwähne diesen Punkt nur, weil ich methodisch vorzugehen liebe, denn die Kräfte der Madame L'Espanaye würden unmöglich hingereicht haben, die Leiche ihrer Tochter in den engen Kaminschacht zu zwängen, in dem sie gefunden worden ist; außerdem ist die Art der Wunden, mit denen ihr ganzer Körper bedeckt war, eine solche, dass jede Möglichkeit eines Selbstmordes ausgeschlossen ist. Es steht somit fest, dass die Mordtaten von einer dritten Partei ausgeführt wurden, und die Stimmen eben dieser dritten Partei waren es, die in heftigem Wortwechsel vernommen wurden. Prüfen wir nun die Eigentümlichkeiten der betreffenden Zeugenaussagen. Ist Ihnen da nichts Absonderliches aufgefallen?«

Ich antwortete, dass es jedenfalls wohl bemerkenswert sei, dass, während alle Zeugen übereinstimmend die rauhe, barsche Stimme für die eines Franzosen gehalten hätten, die

Ansichten über die schrille, oder, wie einer der Zeugen meinte, heisere Stimme sehr weit auseinander gingen.

»So lauten die Zeugenaussagen«, sagte Dupin, »indessen ist das nicht das Absonderliche der Aussage. Sie haben also nichts Besonderes bemerkt? Und doch liegt hier eine ganz eigentümliche Tatsache vor. Wie Sie richtig beobachtet haben, stimmten die Aussagen aller Zeugen über die barsche, rauhe Stimme vollkommen überein. Was nun die schrille Stimme betrifft, so liegt das Eigentümliche weniger darin, dass die Aussagen der Zeugen voneinander abweichen, als dass eine Reihe derselben, nämlich ein Italiener, ein Engländer, ein Spanier, ein Holländer und ein Franzose von dieser Stimme als der eines Ausländers sprachen. Jeder ist davon überzeugt, dass es nicht die Stimme eines Landsmanns gewesen sein könnte. Jeder glaubt den Klang einer Sprache daran zu erkennen, die er selbst nicht versteht. Der Franzose hält sie für die Stimme eines Spaniers und – ›würde gewiss ein paar Worte verstanden haben, wenn er nur Spanisch gekonnt hätte‹. Der Holländer behauptet, es müsse die Stimme eines Franzosen gewesen sein, aber wir lesen in dem Zeugenbericht, dass er, weil er kein Französisch könne, durch Vermittlung eines Dolmetschers verhört worden sei. Der Engländer glaubt, dass es die Stimme eines Deutschen gewesen sei, aber: ›er versteht kein Deutsch‹. Der Spanier hingegen ist ganz sicher, dass es die Stimme eines Engländers war – er urteilt nach dem Tonfall –, hat aber nicht die geringste Kenntnis der englischen Sprache. Der Italiener glaubt die Stimme eines Russen vernommen zu haben, hat jedoch niemals mit einem geborenen Russen gesprochen. Die Aussage eines zweiten Franzosen weicht wieder von der des ersten ab: er behauptet, dass es unbedingt die Stimme eines Italieners sei, die er vernommen habe; er versteht kein Wort Italienisch, hat aber wie der Spanier nach dem Tonfall geurteilt. Wie ganz ungewöhnlich muss diese Stimme gewesen sein, dass die Aussagen der Zeugen darüber so weit auseinander gehen konnten, dass sie Menschen aus den fünf großen europäischen Völkergruppen durchaus fremd erschien! Sie werden allerdings einwerfen, dass es ja möglicherweise auch die Stimme eines Asiaten oder Afrikaners gewesen sein könne. Es gibt deren in Paris nicht allzu viele; aber ohne diese Möglichkeit zu bestreiten, möchte ich Ihre Aufmerksamkeit auf drei bestimmte Punkte leiten. Der eine der Zeugen erklärte, dass die Stimme mehr heiser als schrill gewesen sei. Zwei andere behaupten, dass sie schnell und in abgebrochenen Lauten gesprochen habe. Kein einziger der Zeugen konnte Worte oder wortähnliche Laute unterscheiden.

Ich weiß nicht«, fuhr Dupin fort, »welchen Eindruck meine Auseinandersetzungen auf Sie gemacht haben, aber ich zögere nicht, die Behauptung aufzustellen, dass der Teil der Zeugenaussagen, der sich auf die rauhe und schrille Stimme bezieht, hinreichend ist, einen Verdacht zu erregen, der maßgebend für alle weiteren Forschungen sein sollte und durch den voraussichtlich dieses furchtbare Rätsel seine Lösung finden wird.

Ich behaupte, dass die Schlüsse, die ich aus den Zeugenaussagen gezogen habe, die einzig richtigen sind, und dass sie in bezug auf den Mörder nur eine Folgerung zulassen. Welcher Art aber diese Vermutung ist, das möchte ich Ihnen vorläufig noch nicht sagen. Ich möchte Sie nur darauf aufmerksam machen, dass sie mir wichtig genug war, um meinen Untersuchungen in dem Mordzimmer eine ganz bestimmte Richtung zu geben.

Versetzen wir uns im Geiste wieder in jenes Zimmer. Was ist das erste, was wir darin suchen? Selbstverständlich die Mittel und Wege, die die Mörder zu ihrer Flucht benutzt haben. Ich darf doch zweifellos behaupten, dass weder Sie noch ich an übernatürliche Dinge glauben? Madame und Mademoiselle L'Espanaye sind nicht durch Geister ums Leben gekommen. Die Täter waren materielle Wesen und sind in materieller Weise entkommen. Aber wie? Glücklicherweise bleibt für unsere Schlussfolgerung nur ein Weg offen, und dieser muss uns zu einer endgültigen Feststellung führen.

Untersuchen wir der Reihe nach die Wege, auf denen den Tätern die Möglichkeit einer Flucht geboten war. Es ist klar, dass die Mörder, als die Zeugen die Treppe heraufeilten, entweder in dem Zimmer, in dem Mademoiselle L'Espanaye gefunden wurde, oder doch in dem angrenzenden kleinen Zimmer gewesen sein müssen. Sie können daher auch nur aus einem dieser beiden Zimmer den Ausweg gefunden haben. Die Polizei hat den Fußboden, die Decke und das Mauerwerk der Wände auf das sorgfältigste untersucht. Kein geheimer Ausgang würde ihrer Aufmerksamkeit entgangen sein. Da ich aber den Augen der Polizei nicht unbedingt traue, so prüfte ich alles mit meinen eigenen. Es war aber wirklich kein geheimer Ausgang vorhanden. Von den Zimmern führen Türen in den Gang, aber sie waren fest verschlossen, und zwar steckte in beiden Schlössern der Schlüssel von innen. Betrachten wir uns nun die Schornsteine; diese haben zwar oberhalb des Kamins bis zur Höhe von acht bis zehn Fuß die gewöhnliche Breite, verengen sich aber dann so sehr, dass kaum eine große Katze hindurch könnte.

Da also die Unmöglichkeit, auf diesen beiden Wegen zu entwischen, bewiesen ist, sehen wir uns auf die Fenster beschränkt. Durch die des Vorderzimmers hätte unmöglich jemand entfliehen können, ohne von den vor dem Hause versammelten Menschen bemerkt zu werden. Die Mörder müssen daher durch eins der Fenster des Hinterzimmers entkommen sein.

Nachdem wir zu diesem Schlusse gelangt sind, dürfen wir ihn nicht ohne weiteres verwerfen, weil wir auch hier scheinbaren Unmöglichkeiten gegenüberstehen. Es gilt nur, den Beweis zu liefern, dass in Wirklichkeit diese Unmöglichkeiten nicht bestehen. Das Zimmer hat zwei Fenster. Eins davon ist nicht durch Möbel verstellt und vollständig sichtbar. Der untere Teil des anderen wird dem Auge ganz durch das Kopfende einer davorstehenden Bettstatt entzogen. Das erste Fenster wurde von innen fest verschlossen gefunden. Die Bemühungen mehrerer Personen, es in die Höhe zu schieben, waren erfolglos. Auf der linken Seite des Rahmens war ein ziemlich großes Loch eingebohrt, und in diesem Loche steckte ein beinahe bis zum Kopfe eingetriebener, sehr starker Nagel. Bei der Untersuchung des zweiten Fensters ergab sich, dass dort ein ebensolcher Nagel angebracht war, und auch hier versuchte man es vergebens, das Fenster in die Höhe zu schieben. Die Polizei beruhigte sich hiermit und war überzeugt, dass die Täter nicht durch eines der Fenster entflohen seien. Man hielt es daher auch für überflüssig, die Nägel herauszuziehen und die Fenster zu öffnen.

Meine eigene Untersuchung fiel etwas sorgfältiger aus, und zwar aus dem eben angeführten Grunde – ich wusste, es müsse sich hier erweisen, dass eine scheinbare Unmöglichkeit in Wirklichkeit nicht bestand.

Ich schloss also weiter – a posteriori. Die Mörder entkamen unbedingt durch eines dieser Fenster. Wenn dies der Fall war, so konnten sie jedoch unmöglich die Schiebefenster von innen in der Weise befestigt haben, wie man sie vorgefunden hatte – ein Umstand, dessen Unbestreitbarkeit dann ja auch allen Nachforschungen der Polizei nach dieser Richtung ein Ende machte. Da die Schiebefenster in der angegebenen Weise wieder zugemacht worden waren, musste unbedingt ein sogenannter Selbstschließer daran angebracht sein. Diesem Schlusse konnte ich mich nicht entziehen. Ich begab mich an das freiliegende Fenster, zog mit einiger Mühe den Nagel heraus und versuchte dann, die Scheiben in die Höhe zu schieben. Wie ich es eigentlich nicht anders erwartet hatte, gelang mir dies nicht. Ich war nun fest davon überzeugt, dass irgendwo eine Feder verborgen sein musste, und wenn die Geschichte mit den Nägeln mir auch noch dunkel erschien, so fand ich doch sehr bald die Bestätigung meiner Vermutung. Nach sorgfältigem Suchen fand ich die verborgene Feder. Ich drückte darauf, unterließ es aber, von der Entdeckung einstweilen befriedigt, das Fenster hinaufzuschieben.

Ich steckte den Nagel wieder ein und betrachtete ihn aufmerksam. Wenn jemand durch dieses Fenster entflohen war, konnte er es sehr wohl von außen zuschlagen, so dass die Feder wieder einfallen musste; aber der Nagel, der konnte unmöglich von außen wieder hineingesteckt werden. Die Schlussfolgerung war klar, und sie veränderte wieder das Feld meiner Nachforschungen. Die Mörder mussten durch das andere Fenster entkommen sein.

Angenommen, dass der federnde Verschluss beider Fenster der gleiche war, wie dies ja sehr wahrscheinlich ist, so mussten die Nägel oder wenigstens die Art ihrer Befestigungen verschieden sein. Ich stellte mich auf den im Bette liegenden Strohsack und sah mir über das Kopfende des Bettes weg das zweite Fenster scharf an. Mit der Hand hinter die Bettstatt fassend, entdeckte ich sofort die Feder und drückte darauf; sie war, wie ich dies vorausgesetzt hatte, genauso konstruiert wie die andere. Nun sah ich mir den Nagel näher an. Er war so stark wie sein Gegenstück, auch augenscheinlich in derselben Weise befestigt, das heißt, beinahe bis zum Kopfe in das Loch eingetrieben. Wenn Sie nun annehmen würden, dass mich diese Tatsache verwirrte, so würden Sie das Wesen meiner Induktionsbeweise gründlich missverstanden haben. Die Glieder der Kette griffen fest und sicher ineinander. Ich hatte das Geheimnis bis zum letzten Punkte verfolgt, und dieser Punkt, das war der Nagel. Wie ich bereits sagte, sah er genau so aus wie der Nagel in dem anderen Fenster, aber was bedeutete diese Tatsache gegenüber der Erwägung, dass ich an dieser Stelle die Spur verlor? Es muss etwas mit dem Nagel nicht in Ordnung sein, sagte ich mir; ich zog daran – und siehe, der Kopf und etwa ein Viertel Zoll des Schaftes blieben in meiner Hand. Der untere Teil blieb in dem Bohrloch stecken, in dem er abgebrochen war. Der Bruch war ein alter, denn die Ränder waren mit Rost bedeckt; er rührte wahrscheinlich von einem Hammerschlage her, mit dem man den oberen Teil des Nagels in den Fensterrahmen getrieben hatte. Ich steckte den Kopf des Nagels wieder sorgsam in das Loch, aus dem ich ihn genommen, und er hatte nun wieder ganz das Aussehen eines vollständig unbeschädigten Nagels, da von der Bruchstelle nichts zu sehen war. Ich drückte auf die Feder und zog ohne Mühe das Schiebefenster vorsichtig ein paar Zoll in die Höhe; der Nagelkopf, der fest in dem Rahmen steckte, ging mit. Ich schloss das Fenster, und der Nagel hatte nun wieder ein ganz unverletztes Aussehen.

So weit war also das Rätsel gelöst. Der Mörder war aus dem hinter dem Bett befindlichen Fenster entflohen; dieses war nach seiner Flucht von selbst wieder zugefallen oder vielleicht auch heruntergedrückt und von der einschnappenden Feder festgehalten worden. Jedenfalls hatte die Polizei irrtümlicherweise angenommen, dass es der Nagel sei, durch den das Fenster befestigt sei, und sie hatte es daher für überflüssig gehalten, weitere Nachforschungen anzustellen. Die nächste Frage, die es zu lösen galt, war nun, in welcher Weise es dem Mörder gelungen sei, am Hause hinunterzukommen. Darüber konnten von dem Augenblick an, wo wir um das Haus herumgegangen und es von hinten gemustert hatten, in mir keine Zweifel mehr bestehen. Ungefähr fünf und ein halb Fuß von dem fraglichen Fenster entfernt läuft ein Blitzableiter nach unten. Es würde nun allerdings unmöglich sein, von dieser Stange aus das Fenster zu erreichen und darin einzusteigen. Ich bemerkte jedoch sofort, dass die Fensterläden des vierten Stockes von jener eigentümlichen Art sind, die die Pariser Schreiner ›ferrades‹ nennen. Sie sind jetzt hier ziemlich selten geworden, während man sie in Lyon und Bordeaux, besonders an älteren Häusern, noch häufig findet. Sie sehen aus wie eine gewöhnliche einfache Tür (keine Flügeltür), deren untere Hälfte aus Latten oder Gitterwerk besteht, um leichter erfasst und gehandhabt werden zu können. An den betreffenden Fenstern sind die Läden volle drei und einen halben Fuß breit. Als wir sie von der Hinterfront des Hauses aus betrachteten, standen sie zur Hälfte offen, das heißt, sie bildeten einen rechten Winkel mit der Hauswand. Wahrscheinlich hat die Polizei die Rückseite des Hauses ebenso untersucht, wie ich es getan habe; aber wenn dies geschehen, so ist ihr jedenfalls die ungewöhnliche Breite der ›ferrades‹ nicht aufgefallen, oder sie hat derselben keinerlei Bedeutung beigelegt. Da sie die Überzeugung gewonnen hatte, dass von dieser Stelle eine Flucht unmöglich sei, sind auch wohl die hier angestellten Untersuchungen sehr oberflächlicher Natur gewesen. Ich sah jedoch sofort, dass der Laden des Fensters, vor dem das Bett stand, wenn er ganz zurückgeschlagen würde, kaum zwei Fuß vom Blitzableiter entfernt sein könne. Es war also durchaus nicht unmöglich, dass jemand, der über einen ungewöhnlichen Grad von Geschicklichkeit und Mut verfügte, von dem Blitzableiter aus durch das Fenster eindringen konnte, und zwar in folgender Weise: Angenommen, dass der Laden weit offen stand, so war es nicht schwer, nachdem der Blitzableiter erklettert, über eine Entfernung von zwei und ein halb Fuß weg mit festem Griffe das Gitter des Ladens zu erfassen. Dann konnte man, den Blitzableiter fahren lassen, die Füße gegen die Mauer stemmen und durch einen kühnen Schwung den Laden in Bewegung setzen, so dass dieser sich schloss; wenn das Fenster zufällig offen stand, konnte es sogar gelingen, sich gleich in das Zimmer hineinzuschwingen. Ich möchte Sie daran erinnern, dass ich besonders betonte, es sei ein ganz ungewöhnlicher Grad von Körpergewandtheit erforderlich, um ein solches Wagnis auszuführen. Meine Absicht ist in erster Linie, Ihnen zu beweisen, dass ein solch kühner Sprung allerdings möglich, aber dass dazu eine ganz ungewöhnliche, fast übernatürliche Behendigkeit und körperliche Sicherheit gehöre.

Sie werden, um in der Sprache der Juristen zu reden, mir vielleicht sagen, dass ich, ›um meinen Fall durchzuführen‹, besser tun würde, die zu einem tollkühnen Wagestück erforderliche Körpergewandtheit nicht zu hoch einzuschätzen und nicht wieder und immer wieder darauf zurückzukommen, welcher Grad von Geschicklichkeit dazu erforderlich sei. Vom juristischen Standpunkt würden Sie gewiss ganz recht haben, aber der gesunde Menschenverstand denkt und handelt anders. Worauf es mir ankommt, das ist vorläufig nur, den wahren Tatbestand festzustellen. Mein nächstes Ziel ist, Sie auf den eigentümlichen Zusammenhang aufmerksam zu machen, der zwischen dieser außergewöhnlichen Behendigkeit und jener sonderbaren schrillen Stimme besteht, jener heiseren, kreischenden Stimme, über deren Sprache die Aussagen der Zeugen sich nicht einigen konnten, während alle einstimmig erklärten, nur Laute, keine Worte vernommen zu haben.« –

Nun erst fing ich an zu begreifen, was Dupin sagen wollte. Allerdings verstand ich ihn noch nicht ganz, aber ich ahnte, worauf er abzielte. Mir war ungefähr so zumute, wie wenn man sich auf etwas besinnt, an das man sich nicht genau erinnern kann.

Mein Freund fuhr fort:

»Sie sehen«, sagte er, »dass ich mich zunächst mit der Frage beschäftigt habe, wie der Mörder in das Haus eingedrungen sei, um danach die Art seiner Flucht festzustellen. Ich wünsche Sie davon zu überzeugen, dass er an derselben Stelle herein- und hinausgekommen sein muss. Betrachten wir uns nun das Innere des Zimmers. Man behauptet, die Schubladen des Sekretärs seien ausgeplündert worden, während tatsächlich eine Menge von Schmuck- und anderen Gegenständen darin gefunden wurden. Wie können wir es wissen, ob nicht die noch in den Schubfächern befindlichen Dinge wirklich alles waren, was die Damen darin aufzubewahren pflegten? Madame L'Espanaye und ihre Tochter führten ein sehr zurückgezogenes Leben – empfingen keine Besuche, gingen selten aus –, sie hatten wenig Gelegenheit dazu, Toilette zu machen und Schmuck zu tragen. Das, was sich an Bekleidungs- und Putzgegenständen vorfand, war alles gediegen und von feinster Qualität, wie sich das kaum anders erwarten ließ. Wenn ein Dieb einen Teil dieser Sachen gestohlen hatte, warum nahm er nicht die wertvollsten, warum nahm er nicht alles? Mit einem Wort: warum ließ er viertausend Franken in Gold zurück, um sich vielleicht mit einem Bündel getragener Kleider davonzumachen? Das Gold ist zurückgeblieben. Beinahe die ganze, vom Bankier Mignaud erwähnte Summe wurde in zwei Beuteln auf dem Fußboden gefunden.

Ich möchte gern, Sie ließen die irrtümliche Annahme, dass irgendein Motiv zu dieser Tat vorliege, ganz fahren. Jene alberne Idee ist nur deshalb im Kopfe der Polizeiorgane entstanden, weil durch Zeugenaussagen festgestellt wurde, dass Geld an der Tür abgeliefert worden war. Nun treffen doch wirklich zu jeder Zeit unseres Lebens zehnmal merkwürdigere Umstände zusammen als der, dass Geld abgeliefert und der Empfänger drei Tage darauf ermordet wurde, ohne dass wir uns weiter damit beschäftigen. Über ein solches Zusammentreffen von Umständen stolpern nur jene schlechtgeschulten Denker, die von der Wahrscheinlichkeitstheorie nichts wissen, obwohl die Wissenschaft gerade dieser Theorie manche ruhmvolle Errungenschaft verdankt. Wäre in vorliegendem Falle das Geld verschwunden gewesen, so würde die Tatsache, dass es erst vor drei Tagen abgeliefert worden, mehr als ein bloßer Zufall sein und schwer ins Gewicht fallen. Sie würde uns in dem Gedanken bestärken, dass hier das Motiv der Tat zu suchen sei. Wenn wir aber unter den obwaltenden Umständen das Gold als Motiv für die Gewalttat gelten lassen wollen, so müssen wir notwendig zu dem Schlusse kommen, dass der Mörder ein wankelmütiger Idiot war, der Motiv und Gold im Stich gelassen hat.

Während wir nun die Punkte, auf die ich Ihre Aufmerksamkeit gelenkt, fest im Auge behalten – ich meine also die sonderbare Stimme, die außergewöhnliche Behendigkeit des mutmaßlichen Täters, vor allem aber die Tatsache, dass jedes Motiv zu den grässlichen Mordtaten fehlt –, wollen wir einen Blick auf die Metzelei selbst werfen. Ein junges Mädchen ist mit den Händen erdrosselt und dann mit dem Kopfe nach unten mit brutaler Gewalt in den Kamin hineingepresst worden. Gewöhnliche Mörder werden ganz gewiss niemals eine solche Todesart in Anwendung bringen, am allerwenigsten werden sie ihr Opfer in einer solchen Weise zu verbergen suchen. Sie werden zugeben, dass in der Art, wie die Leiche in den Kamin hineingezwängt wurde, etwas so unerhört Scheußliches liegt, dass es sich mit unseren üblichen Begriffen von menschlichem Tun und Lassen nicht vereinigen lässt, selbst dann nicht, wenn wir annehmen, dass die Missetäter ganz entmenschte Bösewichter waren. Bedenken Sie ferner, welche Kraft dazu nötig war, die Leiche in eine so enge Öffnung hinaufzustoßen, da es der vereinten Anstrengungen mehrerer Personen bedurfte, um sie wieder herabzuziehen.

Es ist dies übrigens nicht das einzige Zeichen dafür, dass hier eine fast übermenschliche Kraft im Spiele gewesen. Auf dem Herde lagen dicke Strähnen – sehr dicke Strähnen grauen Menschenhaares, die mit den Wurzeln ausgerissen waren. Sie wissen, dass schon eine ziemliche Kraftanstrengung dazu gehört, um nur zwanzig bis dreißig Haare zusammen aus dem Kopfe zu reißen. Sie haben diese Haarsträhnen ebensogut gesehen wie ich. Es war ein scheußlicher Anblick. An den Wurzeln hingen noch Stückchen der Kopfhaut, ein sicheres Zeichen der übermenschlichen Kraft, die angewendet wurde, um vielleicht mehrere tausend Haare auf einmal auszureißen. Der Hals der alten Dame war durchschnitten, mehr noch: der Kopf war fast ganz vom Rumpfe getrennt – und zwar offenbar mit einem Rasiermesser. Ich bitte Sie, die tierische Roheit zu beachten, mit der diese Taten ausgeführt wurden. Von den vielen Verletzungen und Quetschungen an Madame L'Espanayes Leiche will ich nicht reden. Monsieur Dumas und sein Kollege haben ja beide ausgesagt, dass sie von einem stumpfen Gegenstande herrührten; nun, in gewisser Beziehung haben die Herren da recht. Der stumpfe Gegenwand war das Steinpflaster des Hofes, auf den das Opfer aus dem vierten Stockwerk hinabgeworfen wurde, und zwar durch das Fenster, vor dem das Bett steht. So einfach diese Annahme uns jetzt erscheint, so entging sie der Polizei aus demselben Grunde, aus dem sie die Breite der Fensterläden nicht bemerkt hatte, weil nämlich die bewussten Nägel ihren Kopf derartig vernagelt hatten, dass sie es für unmöglich hielten, dass die Fenster doch vielleicht geöffnet worden waren.

Wenn wir nun noch der im Zimmer herrschenden wüsten Unordnung gedenken und uns ferner der erstaunlichen Behendigkeit, der übermenschlichen Stärke und tierischen Roheit erinnern, mit der diese grundlosen Verbrechen in geradezu bizarrer Scheußlichkeit ausgeführt wurden – wenn wir jene schrille Stimme in Erwägung ziehen, deren Klang den Ohren vieler Zeugen der verschiedensten Nationalität fremd war –, welchen Schluss ziehen Sie aus so viel Tatsachen?« –

Ich fühlte, als Dupin diese Frage an mich stellte, wie mich ein Schauder durchrieselte. »Nur ein Wahnsinniger«, sagte ich, »kann diese Tat vollbracht haben, ein Tobsüchtiger, der aus der benachbarten Irrenanstalt entsprungen ist.«

»In gewisser Beziehung«, antwortete er, »ist Ihr Verdacht

vielleicht nicht ganz unbegründet. Aber die Stimmen Wahnsinniger, selbst wenn diese Tobsuchtsanfälle haben, gleichen keineswegs jener eigentümlich schrillen Stimme, die auf der Treppe vernommen worden ist. Ein Wahnsinniger gehört doch irgendeiner Nation an, und wenn der Sinn seiner Rede noch so unzusammenhängend und verworren sein sollte, so wird er doch immer Worte zu bilden vermögen. Außerdem haben Wahnsinnige nicht solches Haar, wie ich es hier in meiner Hand habe. Ich habe dieses kleine Haarbüschel aus den zusammengekrampften Fingern der Frau L'Espanaye gelöst. Sagen Sie mir, was Sie davon denken.«

»Dupin«, sagte ich ganz überwältigt, »dieses Haar ist kein Menschenhaar.«

»Ich habe das auch nicht behauptet«, erwiderte er. »Aber ehe wir jenen Punkt feststellen, bitte ich Sie, einen Blick auf diese kleine, von mir gezeichnete Skizze zu werfen. Es ist eine genaue Wiedergabe von dem, was in der Zeugenaussage als ›dunkle Quetschungen‹ angegeben wurde und was die Herren Dumas und Etienne ›eine Reihe blutunterlaufener Flecke‹ nannten, ›die augenscheinlich durch den tiefen Eindruck von Fingernägeln am Halse von Mademoiselle L'Espanaye entstanden sind.‹

Sie werden bemerken«, fuhr mein Freund fort, das Blatt vor mir auf dem Tische ausbreitend, »dass diese Zeichnung auf einen festen, eisernen Griff schließen lässt. Von einem Abgleiten ist hier nichts zu bemerken. Jeder Finger hat bis zum Tode des Opfers den furchtbaren Griff beibehalten, mit dem er sich zuerst eingekrallt hatte. – Versuchen Sie jetzt einmal, Ihre Finger gleichzeitig auf die schwarzen Flecke zu legen, die Sie hier sehen.«

Ich versuchte es, jedoch vergebens.

»Wir greifen die Sache vielleicht doch nicht ganz richtig an«, meinte Dupin. »Das Papier liegt auf einer ebenen Fläche, während der menschliche Hals eine zylindrische Form hat. Hier ist ein rundes Stück Holz, das ungefähr den Umfang eines Halses hat. Stecken Sie die Zeichnung um das Holz fest und versuchen Sie es noch einmal.«

Ich tat es, aber es gelang mir noch weniger als das erstemal.

»Diese Eindrücke können unmöglich von einer Menschenhand herrühren«, sagte ich entschieden.

»Nun denn«, fuhr Dupin fort, »so lesen Sie jetzt diese Stelle von Cuvier.«

Es war ein ausführlicher anatomischer und allgemein beschreibender Bericht über den großen schwarzbraunen Orang-Utan, wie er auf den ostindischen Inseln vorkommt. Die riesige Gestalt, die wunderbare Kraft und Behendigkeit, die ungebändigte Wildheit und der Nachahmungstrieb dieses Säugetieres sind ja allgemein bekannt. Nun fiel es mir wie Schuppen von den Augen, und ich begriff sofort die grauenhaften Einzelheiten jener Mordtaten.

»Diese Beschreibung der Finger«, sagte ich, nachdem ich den Artikel ausgelesen, »stimmt genau mit Ihrer Zeichnung überein. Ich sehe, dass kein anderes Tier als ein Orang-Utan von der hier genannten Gattung solche Fingereindrücke, wie die von Ihnen gezeichneten, hinterlassen könnte. Auch das kleine Büschel lohfarbener Haare stimmt mit der Beschreibung überein, die Cuvier uns von dem Tiere macht. Indessen kann ich immer noch nicht alle Einzelheiten des grauenhaften Geheimnisses verstehen. Auch hat man zwei streitende Stimmen gehört, und alle Zeugen behaupten, dass die eine davon die eines Franzosen gewesen sei.«

»Das ist richtig. Sie werden sich ebenso des Umstandes erinnern, dass die Zeugen einstimmig erklärten, wiederholt gehört zu haben, wie diese Stimme sich des Ausdrucks ›Mon Dieu‹ bediente. Einer der Zeugen, der Konditor Montani, behauptet sogar, dass im Tone dieser Worte ein strenger Verweis gelegen habe. Auf diesen beiden Worten beruht meine Hoffnung, das Rätsel voll und ganz zu lösen. Jedenfalls weiß ein Franzose um den Mord. Es ist möglich – ja sogar wahrscheinlich –, dass er vollkommen unschuldig an dem blutigen Drama ist. Der Orang-Utan ist ihm vielleicht entflohen. Er hat ihn wahrscheinlich bis zu dem bewussten Zimmer verfolgt, kam aber zu spät, um die Greuel zu verhindern, die das furchtbare Tier anstiftete, und vermochte es auch nicht, ihn wieder einzufangen. Wahrscheinlich treibt der Orang-Utan sich immer noch frei herum. Indessen sind das nur Vermutungen, und sie sind so schwach begründet, dass mein eigener Verstand sich wehrt, sie anzuerkennen; ich kann daher nicht erwarten, dass irgendein anderer ihnen Bedeutung beilegen sollte. Wenn, wie ich das annehme, der betreffende Franzose unschuldig an dem Blutbade ist, dann wird die Anzeige, die ich gestern Abend in der Redaktion der Zeitung ›Le Monde‹ aufgab, ihn bald in unsere Wohnung führen. ›Le Monde‹ ist ein Blatt, das die Interessen der Schiffahrt vertritt, und das besonders von Matrosen und Seefahrern viel gelesen wird.«

Er reichte mir eine Zeitung und ich las: »Eingefangen. Im Bois de Boulogne ist am ... (Datum des Tages nach dem Morde) ein sehr großer lohfarbener Orang-Utan, der vermutlich aus Borneo stammt, eingefangen worden. Der rechtmäßige Eigentümer – man hat ermittelt, dass er als Matrose auf einem maltesischen Schiffe dient – kann das Tier in Empfang nehmen, wenn er sich als Besitzer ausweisen kann und bereit ist, die geringen Kosten für das Einfangen und die Verpflegung des Tieres zu bezahlen. Näheres Faubourg Saint-Germain, Rue ... Nr. ... im dritten Stock.«

»Aber«, rief ich, »wie ist es möglich, dass Sie wissen, dass dieser Mann ein Matrose ist und auf einem maltesischen Schiffe dient?«

»Das weiß ich auch gar nicht«, sagte Dupin, »und ich bin durchaus nicht sicher, dass es so ist. Indessen habe ich hier ein kleines Stück Band, das seiner Form und seinem fettigen Aussehen nach vielleicht zum Binden eines jener Zöpfe gedient hat, wie die Matrosen sie so gerne tragen. Es ist in einen sogenannten Seemannsknoten verschlungen, den fast nur die Matrosen, und zwar hauptsächlich die auf maltesischen Schiffen dienenden, zu machen verstehen. Ich habe das Band vor dem Blitzableiter gefunden. Jedenfalls hat es keiner der gemordeten Damen gehört. Es ist ja sehr möglich, dass meine Vermutung, der Franzose sei ein Matrose und gehöre zu einem maltesischen Schiffe, eine durchaus irrige ist. Doch kann das, was ich in dieser Anzeige gesagt habe, jedenfalls nichts schaden. Irre ich mich, so wird der Mann höchstens denken, ich hätte mich durch irgendeinen Umstand, den zu erforschen er sich nicht die Mühe geben wird, irreführen lassen. Habe ich aber recht, so ist sehr viel gewonnen. Wenngleich er selbst unschuldig an den Mordtaten ist, weiß er doch, was der Orang-Utan angerichtet hat, und es ist daher erklärlich, dass er zunächst zögern wird, auf die Anzeige zu antworten und nach seinem Affen zu fragen. Er wird etwa so überlegen: ›Ich bin unschuldig, ich bin arm, mein Orang-Utan hat einen bedeutenden Wert, für einen Mann in meinen Verhältnissen bedeutet er ein kleines Vermögen; warum sollte ich ihn um einer vielleicht völlig unbegründeten Befürchtung willen einbüßen? Es steht bei mir, ihn zurückzubekommen. Er ist im Bois de Boulogne eingefangen worden, also sehr weit entfernt vom Schauplatze jener Mordtaten. Wie sollte jemand auf die Vermutung kommen, dass ein vernunftloses Tier eine solche Tat begangen habe? Die Polizei ist ratlos; es ist ihr nicht gelungen, auch nur den kleinsten Anhalt zu finden, der sie auf die richtige Spur leiten könnte. Aber selbst wenn es gelänge, der Fährte des Tieres nachzukommen, so würde es darum doch unmöglich sein, mir zu beweisen, dass ich Mitwisser der Mordtaten bin, oder gar, mich auf Grund dieser Mitwissenschaft zu verurteilen. Vor allem jedoch – man kennt mich. Der Inserent dieser Anzeige bezeichnet mich als den Besitzer des Tieres. Wie weit sich seine Kenntnis meiner Person erstreckt, weiß ich nicht. Sollte ich es unterlassen, das wertvolle Tier zu reklamieren, so wird, da man weiß, dass es mir gehört, gerade dadurch möglicherweise ein Verdacht geweckt. Es wäre sehr unklug von mir, wenn ich jetzt die Aufmerksamkeit der Polizei auf mich oder auf das Tier lenken wollte. Ich will mich daher als Eigentümer des Affen melden und ihn fest eingesperrt halten, bis Gras über die Sache gewachsen ist.‹«

In diesem Augenblick hörten wir Schritte.

»Halten Sie Ihre Pistolen bereit«, sagte Dupin, »aber machen Sie keinen Gebrauch davon, bis ich Ihnen ein Zeichen gebe.«

Da die Haustür offen stand, war der Besucher, ohne zu läuten, eingetreten und befand sich schon auf der Treppe. Hier schien er plötzlich zu zögern. Wir hörten, wie er wieder hinunterging. Dupin stand rasch auf und schritt nach der Tür; aber schon hörten wir den Mann wieder heraufkommen. Diesmal kehrte er nicht um, sondern trat entschlossen an unsere Zimmertür heran und klopfte.

»Herein!«, rief Dupin in heiterem herzlichen Tone.

Ein Mann trat ein; er war offenbar Matrose; er hatte eine große, kräftige, muskulös aussehende Gestalt, und sein Gesicht trug einen offenen, verwegenen Ausdruck, der durchaus nicht abstoßend war. Sein stark von der Sonne verbranntes Gesicht wurde über die Hälfte von einem mächtigen Schnurr- und Backenbart verdeckt. In der Hand trug er einen großen Eichenknüttel, schien aber sonst keine Waffen bei sich zu haben. Er verbeugte sich linkisch und sagte guten Abend, und zwar mit einem Akzent, der, obwohl er etwas nach Neuchâtel klang, doch seine Pariser Abstammung verriet.

»Setzen Sie sich, mein Freund«, sagte Dupin, »ich vermute, dass Sie wegen Ihres Orang-Utans kommen? Es ist ein außerordentlich schönes und dabei gewiss sehr wertvolles Tier; ich möchte Sie beinahe darum beneiden. Für wie alt halten Sie es wohl?«

Der Matrose holte tief Atem – mit der Miene eines Menschen, dem eine Last vom Herzen fällt, und erwiderte dann in ruhigem Tone: »Das kann ich Ihnen nicht genau sagen, aber er kann kaum mehr als vier oder fünf Jahre alt sein. Haben Sie ihn hier?«

»O nein, hier hatten wir keinen passenden Raum, in dem wir ihn hätten unterbringen können. Er ist aber hier ganz in der Nähe, Rue Dubourg, in einem Stall untergebracht. Sie können ihn sofort bekommen. Natürlich können Sie sich als rechtmäßigen Besitzer des Tieres ausweisen?«

»Gewiss kann ich das, Monsieur.«

»Es tut mir ordentlich leid, mich von dem Tiere zu trennen«, sagte Dupin.

»Ich will nicht, dass Ihre Mühe unbelohnt bleibe, Monsieur. Das verlange ich nicht. Ich bin bereit, Ihnen für das Einfangen des Tieres eine angemessene Belohnung zu zahlen.«

»Nun«, antwortete mein Freund, »das ist ja gewiss recht schön. Lassen Sie mich nachdenken – was könnte ich wohl beanspruchen? Oh, ich will Ihnen sagen, was ich als Belohnung fordere: Sie sollen mir ganz genau alles mitteilen, was Sie über die in der Rue Morgue verübten Mordtaten wissen.«

Dupin hatte die letzten Worte in leisem, sehr ruhigem Tone gesprochen. Ebenso ruhig stand er nun auf, schritt auf die Tür zu, verschloss sie und steckte den Schlüssel in seine Tasche. Dann zog er eine Pistole aus der Tasche und legte sie, ohne die geringste Erregung zu verraten, auf den Tisch.

Das Gesicht des Matrosen bedeckte sich mit einer glühenden Röte; es war, als kämpfe er mit einem Erstickungsanfall. Er sprang auf und ergriff seinen Knüttel, aber im nächsten Augenblick fiel er in seinen Stuhl zurück; er zitterte heftig, und seine Wangen wurden aschfahl. Er sprach kein Wort. Ich empfand tiefes Mitleid mit dem Mann.

»Mein Freund«, fuhr Dupin in gütigem Tone fort, »Sie regen sich ganz unnötigerweise auf; glauben Sie es mir: wir denken gar nicht daran, Ihnen irgendwie schaden zu wollen. Ich gebe Ihnen mein Wort als Ehrenmann und als Franzose, dass Sie von uns nicht das Geringste zu fürchten haben. Ich weiß, dass Sie an den in der Rue Morgue verübten scheußlichen Mordtaten unschuldig sind. Freilich lässt es sich nicht leugnen, dass Sie in gewisser Beziehung in diese Sache verwickelt sind. Aus dem, was ich Ihnen gesagt habe, werden Sie wohl erkennen, dass mir Mittel zu Gebote stehen, ganz genaue Erkundigungen über den Tatbestand einzuziehen – Mittel, deren Tragweite Sie nicht ermessen können. Die Sache steht nun so: das, was geschehen ist, haben Sie nicht verhindern können, und jedenfalls haben Sie selbst sich nicht schuldig gemacht. Sie haben auch keinen Diebstahl begangen, obwohl Ihnen dazu glänzende Gelegenheit geboten war. Sie haben nichts zu verheimlichen, haben nicht den kleinsten Grund dazu. Als ehrenhafter Mensch sind Sie außerdem geradezu verpflichtet, alles zu gestehen, was Sie wissen. Ein vollständig Unschuldiger, auf den der Verdacht gefallen ist, diese Verbrechen begangen zu haben, ist festgenommen worden, während Ihnen der wirkliche Täter bekannt ist.«

Der Matrose hatte, während Dupin diese Worte sprach, seine Geistesgegenwart wiedererlangt, obwohl seine anfängliche Keckheit vollständig verschwunden war.

»So wahr mir Gott helfe«, sagte er nach einer kurzen Pause, »ich will Ihnen alles sagen, was ich von der Sache weiß, obwohl ich kaum erwarten kann, dass Sie meinen Worten Glauben schenken werden – es wäre töricht von mir, das zu denken. Und doch bin ich unschuldig, und ich will mein Herz erleichtern und Ihnen alles sagen, was ich weiß, und wenn es mich das Leben kosten sollte.«

Was er uns dann mitteilte, war folgendes: er war mit einem Schiffe im indischen Archipel gewesen, und man war in Borneo gelandet. Einige Matrosen, denen er sich angeschlossen hatte, machten einen Ausflug in das Innere des

Landes. Es gelang ihm und einem seiner Kameraden, einen Orang-Utan zu fangen. Da sein Gefährte bald darauf starb, kam er in den alleinigen Besitz des Tieres. Nach vielen Schwierigkeiten, die das Tier ihm auf der Reise durch seine unbezähmbare Wildheit verursachte, kam er endlich glücklich in Paris an. Um der Neugier der Nachbarn auszuweichen, hielt er die Bestie vorläufig in seiner Wohnung eingeschlossen; sein Plan war, den Affen zu verkaufen, sobald dieser von einer Fußwunde geheilt sein würde, die er sich an Bord durch das Eindringen eines Splitters zugezogen hatte.

Er kam an dem Abend, oder besser gesagt, an dem frühen Morgen, an dem die Mordtaten verübt wurden, von einem Matrosenfest nach Hause zurück und fand dort die Bestie in seinem Schlafzimmer. Es war ihr gelungen, aus dem angrenzenden Gelass, wo der Matrose sie angebunden hatte und sicher bewahrt glaubte, auszubrechen. Er fand das Tier eingeseift und mit dem Rasiermesser in der Hand vor dem Spiegel, wo es sich zu rasieren versuchte; wahrscheinlich hatte es öfter durch das Schlüsselloch seinen Herrn bei dieser Beschäftigung beobachtet.

Entsetzt von dem Anblick einer so gefährlichen Waffe in den Händen des wilden Tieres, das möglicherweise einen furchtbaren Gebrauch davon machen würde, verlor der Mann im ersten Augenblick den Kopf. Indessen war es ihm bisher stets gelungen, das Tier, selbst wenn es sich noch so wild und unbändig erwies, durch Anwendung der Peitsche zu beruhigen, und zu diesem Mittel nahm er auch jetzt seine Zuflucht. Als aber der Orang-Utan die Peitsche sah, entsprang er mit einem Satze durch die geöffnete Zimmertür, jagte die Treppe hinab und entfloh durch ein zufällig offenes Fenster auf die Straße.

Der Franzose folgte in Verzweiflung. Der Affe, der immer noch das Rasiermesser in der Hand hatte, blieb zuweilen stehen, um sich nach seinem Verfolger umzusehen und ihm

Grimassen zu schneiden. Wenn der Mann ihn dann beinahe erreicht hatte, lief er wieder in tollen Sprüngen weiter.

In dieser Weise setzte sich die Jagd lange fort. In den Straßen herrschte tiefe Stille; es war gegen drei Uhr morgens. Als der Flüchtling das hinter der Rue Morgue liegende Gässchen erreicht hatte, wurde seine Aufmerksamkeit durch den Lichtschein gefesselt, der durch das offene Fenster des im vierten Stock liegenden Zimmers der Madame L'Espanaye schimmerte. Das Tier stürzte auf das Gebäude zu, und als es den Blitzableiter bemerkte, kletterte es mit verblüffender Geschwindigkeit daran hinauf, klammerte sich an den weit offenstehenden Fensterladen, gab sich damit einen Schwung und gelangte direkt in das Zimmer und auf das Kopfende des Bettes. Es hatte kaum mehr als eine Minute zu alledem gebraucht. Den Fensterladen stieß der Affe, sobald er in das Zimmer gedrungen, wieder zurück.

Der Matrose war sowohl erfreut, als tief beunruhigt. Er hoffte, nun das Tier wieder einzufangen, denn es würde kaum einen anderen Ausweg aus der Falle, in die es geraten, finden, als den Blitzableiter, und wenn es dann herunterkletterte, würde es nicht allzu schwer sein, sich seiner zu bemächtigen. Anderseits war Grund genug, zu befürchten, es werde in dem Hause Unheil anrichten. Diese letzte Erwägung bestimmte den Matrosen, den Flüchtling weiterzuverfolgen. An einem Blitzableiter in die Höhe zu klettern ist eine Aufgabe, die einem Matrosen nicht allzu große Schwierigkeiten bietet. Als er jedoch bis zur Höhe des Fensters, das links von ihm lag, gekommen war, konnte er nicht weiter. Es gelang ihm aber, sich so weit vorzubeugen, um einen Blick in das Innere des Zimmers zu tun. Bei dem entsetzlichen Anblick, der sich ihm darin bot, wäre er beinahe vor Schrecken abgestürzt. Und dann wurde die Stille der Nacht plötzlich durch jenes furchtbare Geschrei unterbrochen, das die Bewohner der Rue Morgue aus dem Schlafe weckte. Madame L'Espanaye und ihre Tochter waren, in ihre

Nachtkleider gehüllt, offenbar damit beschäftigt gewesen, irgendwelche Papiere in der schon erwähnten eisernen Geldkiste zu ordnen, die sie zu diesem Zwecke mitten in das Zimmer gerollt hatten. Sie war offen und ihr Inhalt lag auf dem Fußboden daneben. Die Opfer hatten wahrscheinlich so gesessen, dass sie dem Fenster den Rücken zukehrten; und da eine kleine Weile zwischen dem Eindringen des Tieres und dem entsetzten Angstgeschrei der Damen verstrich, ist es möglich, dass sie die Bestie nicht sogleich bemerkt hatten. Das Zurückschlagen des Fensterladens haben sie vielleicht dem Winde zugeschrieben.

Als der Matrose in das Zimmer blickte, hatte die riesige Bestie Madame L'Espanaye an dem lose herabhängenden Haar gepackt und schwenkte das Rasiermesser vor ihrem Gesicht, die Bewegungen eines Barbiers nachahmend. Die Tochter lag langausgestreckt und regungslos auf dem Fußboden; sie war ohnmächtig geworden. Das Geschrei und die Befreiungsversuche der alten Dame, der er das Haar aus dem Kopfe riss, versetzten den Orang-Utan, der vorher vielleicht ganz friedliche Absichten gehabt hatte, in wildeste Wut. Mit einem kräftigen Schwunge seines muskulösen Armes trennte er den Kopf der Dame beinahe ganz vom Rumpfe. Der Anblick des Blutes steigerte seine Wut bis zur Tollheit. Zähnefletschend und mit funkelnden Augen stürzte er sich auf das junge Mädchen, grub seine entsetzlichen Krallen in ihren Hals und würgte die Unglückliche, bis sie tot war. Zufällig wohl fielen in diesem Augenblick seine wild rollenden Augen auf das Kopfende des Bettes, hinter dem das schreckensbleiche Gesicht seines Herrn sichtbar wurde. Die Wut des Tieres, das schon allzuoft die Bekanntschaft mit der Peitsche gemacht hatte, verwandelte sich sofort in feige Angst. Wohl wissend, dass es Strafe verdiene, schien es, als ob es die Spuren seiner Bluttat zu verwischen strebte; es lief in nervöser Hast im Zimmer umher, riss die Möbel um und zerschlug sie und zerrte die Kissen und Decken aus dem Bette. Endlich ergriff es die Leiche der Tochter und stieß und zwängte sie gewaltsam in den Schornstein hinauf, wo sie dann später gefunden wurde. Dann stürzte es sich auf die der alten Dame und schleuderte sie kopfüber zum Fenster hinaus.

Als der Affe sich mit seiner verstümmelten Last dem Fenster näherte, fuhr der Matrose erschrocken zurück; voll Angst ließ er sich am Blitzableiter hinabgleiten und beeilte sich, so schnell als möglich nach Hause zu kommen, weil er die Folgen der Metzelei fürchtete. Um das Schicksal des Orang-Utans kümmerte er sich vorläufig nicht. Die Worte, welche von den die Treppe hinauflaufenden Leuten vernommen wurden, waren dem Matrosen in seinem Entsetzen entfahren. Das schrille teuflische Gekreisch der Bestie hatte man irrtümlich für eine eigentümlich scharfe, heiser gellende menschliche Stimme gehalten. –

Mir bleibt kaum noch etwas hinzuzufügen. Der Orang-Utan muss, gerade ehe die Tür aufgebrochen wurde, durch das Fenster entwischt und an dem Blitzableiter herabgeglitten sein. Er ist schließlich doch, und zwar von seinem rechtmäßigen Besitzer, wieder eingefangen worden, der ihn zu einem hohen Preise an den ›Jardin des Plantes‹ verkauft hat.

Lebon wurde sofort aus der Untersuchungshaft entlassen, nachdem wir im Bureau des Polizeipräfekten den von einem Kommentar Dupins begleiteten genauen schriftlichen Bericht über diese Affäre niedergelegt hatten. Obwohl der Präfekt meinen Freund sehr hoch schätzte, konnte er doch eine gewisse Gereiztheit über die Wendung der Dinge nicht verbergen, und er verriet dies durch ein paar spöttische Bemerkungen über Leute, die ihre Nase in Dinge steckten, die sie im Grunde nichts angingen.

»Lass ihn reden«, sagte Dupin, der ihn keiner Antwort gewürdigt hatte; »lass ihn reden! Er will nur sein Gewissen dadurch beruhigen. Mit genügt es, ihn auf seinem eigenen

Gebiet geschlagen zu haben. Übrigens ist es nicht zu verwundern, dass er die Lösung dieses Geheimnisses nicht zu finden vermochte. Unser Freund, der Präfekt, ist eben zu schlau, um tief sein zu können. Seine Weisheit hat keinen soliden Boden. Sie gleicht den Abbildungen der Göttin Laverna – sie besteht nur aus Kopf und hat keinen Körper – oder höchstens Kopf und Schultern – wie ein Stockfisch! Aber er ist darum doch ein ganz famoser Kerl. Ich habe ihn besonders gern und schätze ihn vor allem wegen einer Gabe, der er den Ruf, ein Genie an Scharfsinn zu sein, hauptsächlich verdankt, nämlich seine Vorliebe ›de nier ce qui est, et d'expliquer ce qui n'est pas‹[2] – wie es in Rousseaus ›Nouvelle Héloise‹ heißt.«

---

[2] zu leugnen, was ist, und zu erklären, was nicht ist.

Das Geheimnis der Marie Rogêt

Vorbemerkung

Ein junges Mädchen namens Mary Cecilia Rogers war in der Nähe New Yorks ermordet worden. Ihr Tod hatte eine ungeheure und nachhaltige Aufregung hervorgerufen; das Geheimnis desselben war in der Zeit, da diese Geschichte geschrieben und veröffentlicht wurde, noch nicht aufgedeckt. In vorliegender Erzählung folgt der Autor, unter dem Vorgeben, das tragische Geschick einer Pariser Grisette zu berichten, bis in die kleinsten Einzelheiten den wesentlichen Tatsachen des wirklichen Mordes an Mary Rogers, während er die unwesentlichen nur parallel stellte. So ist also jede auf die Fiktion gegründete Schlussfolgerung auf das wahre Ereignis anwendbar, und der Zweck der Geschichte war die Ergründung der Wahrheit.

›Das Geheimnis der Marie Rogêt‹ wurde weit entfernt vom Tatorte niedergeschrieben und basierte lediglich auf den betreffenden Zeitungsberichten. So entging dem Schreiber manches, woraus er an Ort und Stelle hätte Nutzen ziehen können. Dessenungeachtet ist zu bemerken, dass die Aussagen zweier Personen (deren eine die Madame Deluc der Erzählung ist), die zu verschiedenen Zeiten und lange nach Veröffentlichung der folgenden Blätter gemacht wurden, nicht nur die allgemeine Schlussfolgerung, sondern auch die hauptsächlichsten hypothetischen Einzelheiten, durch die diese Schlussfolgerung gewonnen wurde, voll bestätigten.

Es gibt eine Reihe idealischer Begebenheiten, die der Wirklichkeit parallel läuft. Selten fallen sie zusammen. Menschen und Zufälle modifizieren gewöhnlich die idealische Begebenheit, so dass sie unvollkommen erscheint und ihre Folgen gleichfalls unvollkommen sind. So bei der Reformation; statt des Protestantismus kam das Luthertum hervor.
Novalis: Moral-Ansichten

Selbst unter den kühlsten Denkern gibt es nur wenige, die nicht gelegentlich durch ein fast wundervolles Zusammentreffen von Ereignissen sich versucht gefühlt hätten, an übernatürliche Dinge zu glauben. Solches Fühlen – denn dies halbe Glauben, von dem ich rede, wird nur gefühlt, nicht streng gedacht –, solches Fühlen ist schwer zu unterdrücken, höchstens durch die Lehre von den Zufälligkeiten, oder, wie der terminus technicus lautet, durch die Wahrscheinlichkeitsrechnung. Nun ist solche Berechnung in ihrem Wesen rein mathematisch, und da haben wir also die Absonderlichkeit, die exakteste aller Wissenschaften auf die Schatten und Schemen der spekulativsten Wissenschaft angewendet zu sehen.

Man wird finden, dass meine zeitlich voranliegende Geschichte, zu deren Veröffentlichung ich jetzt aufgefordert worden bin, in ihren Einzelheiten höchst merkwürdigerweise das vollkommene Seitenstück bildet zu der jüngst geschehenen Mordtat an der Mary Cecilia Rogers in New York.

Als ich vor Jahresfrist in einer Erzählung, betitelt ›Der Doppelmord in der Rue Morgue‹, versuchte, die auffallenden Geistesgaben meines Freundes, des Chevalier C. Auguste Dupin zu schildern, ahnte ich nicht, dass ich dies Thema je wieder aufnehmen würde. Meine Absicht hatte sich vollkommen erfüllt, und der seltsame Gang der Ereignisse hatte den Beweis für Dupins eigentümliche Fähigkeiten zur Genüge erbracht. An keinem anderen Beispiel hätte ich sie so trefflich zeigen können. Jüngste Ereignisse aber, überraschende Enthüllungen, haben mir einige weitere höchst seltsame Dinge offenbart, über die ich nicht schweigend hinweggehen kann.

Nachdem Dupin die Tragödie aufgedeckt, die über dem geheimnisvollen Tode der Madame L'Espanaye und ihrer Tochter lag, widmete er der Angelegenheit keine Aufmerksamkeit mehr und fiel wieder in seine alte träumerische Versunkenheit zurück. Selbst immer zur Einsamkeit geneigt, teilte ich ohne weiteres seine Stimmung. In unsere Zimmer im Faubourg Saint-Germain vergraben, schlugen wir alle Zukunftspläne in den Wind und schlummerten friedlich dahin, die düstere Welt mit Träumen vergoldend.

Diese Träume waren jedoch nicht ganz ungestört. Man kann sich denken, dass die Rolle, die mein Freund in dem Drama der Rue Morgue gespielt, auf die Pariser Polizei nicht wenig Eindruck gemacht hatte. Bei ihren Beamten wurde der Name Dupins oft genannt. Da die einfachen Rückschlüsse, mit Hilfe deren er das Geheimnis entwirrt hatte, nicht einmal dem Präfekten, sondern einzig nur mir bekannt waren, ist es weiter nicht erstaunlich, dass man die Sache für ein Wunder und des Chevaliers analytische Fähigkeiten für eine Art Sehergabe nahm. Seine Offenheit würde ihn veranlasst haben, ein solches Vorurteil zu zerstreuen; dazu kam es aber nicht, weil seine Indolenz ihm gegenüber das Berühren eines Themas verbot, das für ihn selbst alles Interesse verloren hatte. So kam es, dass die Augen der Polizei bewundernd an ihm hingen und man in nicht wenigen Fällen versuchte, seine Dienste für die Präfektur in Anspruch zu nehmen. Einer der bemerkenswertesten Fälle war der der Ermordung eines jungen Mädchens namens Marie Rogêt.

Dieser Mord ereignete sich ungefähr zwei Jahre nach den Greueltaten in der Rue Morgue. Marie, deren Tauf- und Familienname durch seine Ähnlichkeit mit jenem der unglücklichen ›Zigarren-Verkäuferin‹ sofort auffällt, war die einzige Tochter der Witwe Estelle Rogêt. Der Vater war gestorben, als Marie noch ein Kind gewesen, und seit seinem Tode bis achtzehn Monate vor der Mordtat, die den Gegenstand unserer Erzählung bildet, hatten Mutter und Tochter gemeinsam in der Rue Pavée Sainte Andrée gewohnt, wo die Mutter unter Mithilfe ihrer Tochter eine Pension leitete. So lebten sie dahin, bis das junge Mädchen zweiundzwanzig Jahre zählte; da erregte ihre große Schönheit die Aufmerksamkeit eines Parfümeurs, der im Erdgeschoß des Palais Royal einen Laden hatte und dessen Kundschaft in der Hauptsache von den verzweifelten Abenteurern gebildet wurde, die die Nachbarschaft unsicher machten. Monsieur

Le Blanc war sich über den Vorteil klar, der seinem Parfümeriegeschäft durch Anwesenheit der schönen Marie erwachsen würde, und seine glänzenden Angebote wurden von dem Mädchen gern, von der Mutter nach einigem Zögern angenommen.

Die Erwartungen des Kaufmanns erfüllten sich, und die Reize der anmutigen ›Grisette‹ machten seinen Laden bald bekannt. Sie stand ungefähr ein Jahr in seinen Diensten, als ihre Verehrer durch ihr plötzliches Verschwinden in Verwirrung gesetzt wurden. Monsieur Le Blanc wusste für ihr Fernbleiben keine Erklärung zu geben, und Madame Rogêt war in verzweifelter Angst und Aufregung. Die Zeitungen nahmen die Sache auf, und die Polizei wollte gerade ernstliche Nachforschungen anstellen, als Marie eines schönen Morgens nach Verlauf einer Woche, gesund, wenn auch mit etwas trüber Miene, wieder hinter dem Ladentisch erschien. Selbstredend wurde alles Forschen und Fragen sofort unterdrückt. Monsieur Le Blanc behauptete wie vorher, nichts zu wissen. Marie und ihre Mutter erwiderten auf alle Fragen, das junge Mädchen habe die letzte Woche bei Verwandten auf dem Lande zugebracht. Man beruhigte sich also, und die Sache wurde bald vergessen, um so mehr als das Mädchen, augenscheinlich um sich der dreisten Neugier zu entziehen, ihre Stellung aufgab und sich in den Schutz der mütterlichen Behausung, Rue Pavée Sainte Andrée, zurückzog.

Es war etwa fünf Monate nach dieser Rückkehr, als ihre Freunde zum zweiten Male durch ihr plötzliches Verschwinden beunruhigt wurden. Drei Tage gingen hin, und man hörte nichts von ihr. Am vierten fand man ihren Leichnam in der Seine, und zwar in einer Gegend, die dem Viertel der Rue Sainte Andrée nahezu entgegengesetzt und nicht sehr weit von der Barrière du Roule lag.

Die Grässlichkeit dieses Mordes – denn es war klar, dass ein Mord geschehen war –, die Jugend und Schönheit des

Opfers und vor allem des Mädchens allgemeine Beliebtheit riefen bei den leicht erregbaren Gemütern der Pariser große Aufregung hervor. Ich kann mich keines ähnlichen Ereignisses erinnern, das einen so allgemeinen und so tiefen Eindruck gemacht hätte. Wochenlang vergaß man im Gespräch über diesen einen Fall selbst die wichtigsten politischen Tagesereignisse. Der Präfekt machte ganz ungewöhnliche Anstrengungen; und die gesamte Pariser Polizei spannte ihre Kräfte aufs äußerste an.

Zuerst, als man die Leiche entdeckte, nahm man an, der Mörder werde sich höchstens ganz kurze Zeit vor den sofort in Angriff genommenen Nachstellungen verborgen halten können. Erst nach Ablauf einer Woche hielt man es für nötig, eine Belohnung auszusetzen, und selbst da meinte man, mit tausend Francs genug getan zu haben. Inzwischen wurden die Nachforschungen mit Eifer, wenn auch nicht immer mit Verstand, fortgesetzt, und zahlreiche Personen wurden zwecklos verhaftet; da aber nach wie vor jeder Schlüssel zu dem Geheimnis fehlte, wuchs die allgemeine Aufregung aufs höchste. Nach zehn Tagen hielt man es für ratsam, die ursprünglich festgesetzte Summe zu verdoppeln, und schließlich, als die zweite Woche verstrichen war, ohne irgendwelche Anhaltspunkte zu liefern, und das Vorurteil, das in Paris gegen die Polizei nun einmal herrscht, sich in mehreren ernsthaften Angriffen Luft gemacht hatte, nahm es der Präfekt auf sich, die Summe von zwanzigtausend Francs auszusetzen ›für Überführung des Mörders‹, oder, falls es sich erweisen sollte, dass mehr als einer beteiligt gewesen, ›für Überführung irgendeines der Mörder‹. In der Proklamation, die diese Belohnung verkündete, wurde jedem, der seinen Mitschuldigen nannte, völlige Straffreiheit zugesichert, und dieser Proklamation war ein privater Aufruf einiger Bürger angefügt, die sich zusammengetan hatten, um der von der Präfektur ausgesetzten Summe aus eigenen Mitteln zehntausend Francs hinzuzufügen. Die gesamte Belohnung belief sich also auf nicht weniger als drei-ßigtausend Francs, ein ganz ungewöhnlich hoher Betrag, in Anbetracht der niedrigen sozialen Stellung des Mädchens und der Häufigkeit solcher Mordtaten in der Großstadt.

Niemand bezweifelte mehr, dass sich nun schnell das Dunkel über dem geheimnisvollen Mord lichten werde. Doch obgleich ein oder zwei Verhaftungen vorgenommen wurden, von denen man sich Aufklärung versprach, ergab sich nichts, was die Verdächtigungen gegen die Betreffen-den gerechtfertigt hätte, und man musste sie wieder entlas-sen. So seltsam es auch scheinen mag, so war doch schon die dritte Woche nach Auffindung der Leiche hingegangen – und hingegangen, ohne in das Dunkel der Sache Licht zu bringen –, ehe auch nur ein Gerücht über diese die öffentli-che Meinung so aufregenden Ereignisse Dupin und mir zu Ohren kam.

In Forschungen vertieft, die unsere ganze Aufmerksamkeit erforderten, war es fast ein Monat, seit einer von uns zuletzt ausgegangen oder einen Besucher empfangen oder mehr als einen flüchtigen Blick auf den politischen Leitartikel der füh-renden Tageszeitung geworfen hatte. Der Präfekt G. selbst war es, der uns die erste Mitteilung von dem Morde machte. Er besuchte uns am 13. Juli 18.. früh am Nachmittag und blieb bis tief in die Nacht. Er war über das Fehlschlagen aller seiner Bemühungen, die Mordbuben ausfindig zu machen, sehr gereizt. Sein Ruf – so sagte er mit der Selbstgefälligkeit des Parisers – stehe auf dem Spiele. Selbst seine Ehre sei ge-fährdet. Die Augen der Menge seien auf ihn gerichtet, und es gäbe kein Opfer, das er nicht für die Aufdeckung des Ge-heimnisses bereitwillig brächte. Er schloss seine etwas konfu-se Rede mit einem Kompliment auf das, was er Dupins ›Taktgefühl‹ zu nennen beliebte und machte ihm ein direktes Angebot – ein glänzendes Angebot, das näher darzutun ich mich nicht berufen fühle, das aber auch für den eigentlichen Gegenstand meiner Erzählung von keiner Bedeutung ist.

Das Kompliment wies mein Freund zurück, so gut er konnte, das Angebot aber nahm er ohne weiteres an, obwohl dasselbe lediglich in der Zuerkennung einer Provision bestand. Dies erledigt, erging sich der Präfekt sogleich in Darlegungen seiner eigenen Ansichten, sie mit langen Kommentaren über die tatsächlichen Geschehnisse würzend. Über diese letzteren waren wir noch immer nicht aufgeklärt. Er redete viel und keineswegs unerfahren, während ich hie und da eine Vermutung, einen Rat einwarf und die Nacht langsam hinschlich. Dupin, der behaglich in seinem gewohnten Lehnstuhl saß, schien die verkörperte Aufmerksamkeit. Er hatte die ganze Zeit seine Brille auf, und ein gelegentlicher Blick hinter ihre grünen Gläser genügte, mich zu überzeugen, dass er während der ganzen sieben oder acht bleiernen Stunden, die der Präfekt noch bei uns weilte, tief und friedlich schlief.

Am Morgen beschaffte ich von der Präfektur einen genauen Bericht der Beweisaufnahme und aus den verschiedenen Zeitungsverlagen ein Exemplar jeder Nummer, in der Angaben in dieser traurigen Angelegenheit veröffentlicht worden waren. Unter Weglassung alles dessen, was sich als positiv falsch erwies, lauteten die Angaben wie folgt:

Marie Rogêt verließ die Wohnung ihrer Mutter in der Rue Pavée Sainte Andrée am Sonntag, den 22. Juni 18.. gegen 9 Uhr morgens. Beim Fortgehen machte sie einem Monsieur Jacques St. Eustache – und diesem allein – Mitteilung von ihrer Absicht, den Tag bei einer Tante in der Rue des Drômes zu verbringen. Die Rue des Drômes ist eine kurze und schmale, doch sehr belebte Straße, nicht allzuweit vom Fluss, und auf dem nächsten Wege etwa zwei Meilen von der Pension Madame Rogêts entfernt. St. Eustache war der anerkannte Bewerber Maries und wohnte und speiste in der Pension. Er sollte seine Verlobte bei Dunkelwerden abholen und heimbegleiten. Am Nachmittag jedoch begann es stark zu regnen, und im Glauben, sie werde, wie das bei ähnlichen Gelegenheiten bereits geschehen, die Nacht bei der Tante verbleiben, hielt er es nicht für nötig, sein Versprechen zu halten. Als die Nacht kam, äußerte Frau Rogêt – eine kränkliche alte Dame von siebzig Jahren –, sie fürchte, ›Marie nie wieder zu sehen‹; diese Bemerkung fand aber damals wenig Beachtung.

Am Montag wurde festgestellt, dass das Mädchen nicht in der Rue des Drômes gewesen war. Und als der Tag verging, ohne dass man von ihr hörte, nahm man an verschiedenen Punkten der Stadt und ihrer Umgebung eine verspätete Streife vor. Doch erst am vierten Tage ihres Verschwindens ließ sich Bestimmtes feststellen. An diesem Tage (Mittwoch, den 25. Juni) wurde ein Monseur Beauvais, der gemeinsam mit einem Freunde in der Nähe der Barrière du Roule Nachforschungen anstellte, davon benachrichtigt, dass zwei Fischer soeben einen Leichnam aus dem Wasser gezogen hätten. Bei Besichtigung der Leiche erkannte Beauvais nach einigem Zögern in ihr das gesuchte Ladenmädchen. Sein Freund erkannte sie mit Bestimmtheit. Das Gesicht war ganz mit geronnenem Blut bedeckt; auch aus dem Mund floss Blut. Der bei Ertrunkenen übliche Schaum fehlte. Das Zellengewebe zeigte normale Färbung. Am Halse waren Quetschwunden und Fingerabdrücke. Die Arme waren über der Brust gekreuzt und steif, die rechte Hand geballt, die linke halb offen. Am linken Handgelenk zeigten sich rundum Hautabschürfungen, wie von Stricken; auch das rechte Handgelenk war arg zerschunden, ebenso der ganze Rücken, besonders die Schulterblätter. Um die Leiche an Land zu ziehen, hatten die Fischer ein Seil daran befestigt, doch hatte dies keine der Hautabschürfungen verursacht. Der Hals war stark geschwollen. Schnittwunden waren nicht sichtbar, auch keine blutunterlaufenen Stellen, die etwa auf Schläge mit einem stumpfen Instrument hingedeutet hätten. Ein Spitzenstreifen war so fest um den Hals geschlungen, dass er zunächst nicht sichtbar war; er war tief im Fleisch vergraben und mit einem Knoten geschlossen, der gerade unter dem linken Ohr lag. Der Streifen allein hätte genügt, den Tod herbeizuführen. Das ärztliche Gutachten sprach der Verstorbenen einen tugendhaften Lebenswandel zu. Sie sei, so hieß es, brutaler Gewalt unterlegen. Als die Leiche gefunden wurde, war ihr Zustand noch derartig, dass sie unschwer von Bekannten identifiziert werden konnte.

Die Bekleidung war sehr beschädigt und zerrissen. Aus dem Oberkleid war ein Streifen von etwa einem Fuß Breite vom unteren Saum bis zur Taille auf-, aber nicht abgerissen. Er war dreimal um die Hüften geschlungen und im Rücken zu einer Art Henkel verknotet. Auch aus dem Unterkleid aus feinem Musselin war ein achtzehn Zoll breiter Streifen herausgerissen – und zwar fadengerade und sorgsam. Er lag lose um ihren Hals und war mit festem Knoten geschlossen. Über dem Musselinstreifen und dem Spitzenstreifen lagen die zusammengeknüpften Bänder einer Haube, die lose daran hing. Der Knoten, mit dem die Haubenbänder geschlossen waren, war ein regelrechter Seemannsknoten.

Nach Rekognoszierung der Leiche wurde diese nicht, wie sonst üblich, nach der Morgue verbracht, sondern, da diese Formalität diesmal überflüssig, schleunigst beerdigt – nicht weit von der Stelle, wo sie angelandet worden war. Durch die Bemühungen Beauvais' gelang es, die Sache vorläufig nicht bekanntwerden zu lassen, und mehrere Tage vergingen, ehe sie von der Öffentlichkeit aufgenommen wurde. Ein Wochenblatt griff dann aber doch den Fall auf, die Leiche wurde wieder ausgegraben und einer nochmaligen Untersuchung unterzogen. Neues ergab sich dadurch aber nicht. Die Kleidungsstücke wurden nun doch der Mutter und den Bekannten der Verstorbenen vorgelegt und von diesen als jene bezeichnet, die sie bei ihrem Fortgehen von Hause getragen.

Inzwischen wuchs die Aufregung von Stunde zu Stunde. Mehrere Personen wurden festgenommen und wieder freigelassen. Besonders auf St. Eustache fiel der Verdacht; und er vermochte zunächst nicht, eine zufriedenstellende Erklärung über sein Tun und Lassen während des fraglichen Sonntags abzugeben. Später jedoch gab er Monsieur G. eidlich Rechenschaft von jeder Stunde des Tages. Als die Zeit verging, ohne dass man irgend etwas entdeckte, gingen verschiedene Gerüchte um, und die Journalisten griffen sie auf. Am meisten Aufsehen erregte die Mutmaßung, dass Marie Rogêt noch am Leben und die in der Seine gefundene Leiche diejenige einer anderen Unglücklichen sei.

Ich halte es für nötig, dem Leser einige Stellen, die eben diese Vermutung dartun, zu übermitteln. Die betreffenden Stellen sind eine wörtliche Übersetzung aus ›L'Etoile‹, einem Blatt, das sehr geschickt geleitet wird.

»Mademoiselle Rogêt verließ das Haus der Mutter am 22. Juni 18.., einem Sonntagmorgen, mit der ausgesprochenen Absicht, ihre Tante oder sonstige Bekannte in der Rue des Drômes aufzusuchen. Von dieser Stunde an hat sie erwiesenermaßen keiner mehr gesehen. Keine Spur war mehr von ihr zu finden, keine Nachricht zu erlangen ... Niemand hat sich bis jetzt gemeldet, der sie an jenem Tag, da sie von Hause fortgegangen, gesehen hätte ... Wenn es also auch nicht erwiesen ist, dass Marie Rogêt am Sonntag, den 22. Juni, morgens 9 Uhr noch unter den Lebenden weilte, so haben wir doch Indizien dafür, dass sie bis zu dieser Stunde noch lebte. Am Mittwochmittag entdeckte man in der Gegend der Barrière du Roule eine auf dem Wasser treibende Frauenleiche. Das waren also, selbst wenn wir voraussetzen, dass Marie Rogêt innerhalb drei Stunden nach Verlassen der mütterlichen Wohnung ins Wasser geworfen worden wäre, nur drei Tage, seit sie von Hause fortgegangen – genau drei Tage! Es ist aber Torheit anzunehmen, dass der Mord – falls hier ein Mord vorliegt – früh genug ausgeführt

69

werden konnte, um den Mördern zu ermöglichen, die Leiche vor Mitternacht in den Fluss zu werfen. Wer sich so scheußlicher Verbrechen schuldig macht, wählt die Nacht und nicht den Tag zu seiner Tat ... Wir sehen also, dass die gefundene Leiche, wenn sie diejenige der Marie Rogêt gewesen sein sollte, nur zwei und einen halben Tag, im Höchstfalle drei Tage, im Wasser gewesen sein kann. Die Erfahrung zeigt aber, dass Leichen Ertrunkener oder sofort nach dem Tode gewaltsam ins Wasser Geworfener sechs bis zehn Tage brauchen, ehe die Zersetzung eingetreten ist, die sie an die Oberfläche bringt. Selbst wenn man über einer unter Wasser ruhenden Leiche eine Kanone abfeuert und so das Steigen der ersteren vor dem fünften oder sechsten Tag veranlasst, sinkt dieselbe wieder hinunter, sowie die Erschütterung vorbei ist. Wir fragen nun: weshalb sollte in diesem Falle ein Abweichen von der natürlichen Regel stattgefunden haben?

... Hätte die Leiche in ihrem verstümmelten Zustand bis Dienstagnacht an Land gelegen, so hätte man Spuren von den Mördern finden müssen; auch ist es höchst zweifelhaft, ob der Körper, selbst wenn er erst zwei Tage nach eingetretenem Tode ins Wasser geworfen worden wäre, so bald schon an der Oberfläche treiben kann. Und fernerhin ist es äußerst unwahrscheinlich, dass Kerle, die einen solchen Mord begangen, den Leichnam ins Wasser geworfen haben sollten, ohne ihn durch einen Ballast zum Sinken zu bringen, wo solche Vorsichtsmaßregel doch so leicht getroffen werden kann.«

Der Schreiber fährt nun fort darzutun, dass der Körper nicht »drei, sondern mindestens fünfmal drei Tage« im Wasser gelegen haben muss, weil er so stark verwest war, dass Beauvais ihn nur mit Mühe identifizieren konnte. Dieser letzte Punkt wurde übrigens später völlig widerlegt. Ich fahre in der Übersetzung fort:

»Worin bestehen nun die Tatsachen, auf Grund deren

Monsieur Beauvais aussagt, die Leiche sei die der Marie Rogêt? Er riss den Kleiderärmel auf und sagt, er fand Zeichen, die ihn von der Identität überzeugten. Man hat allgemein angenommen, diese Zeichen hätten in irgendwelchen Narben oder Flecken bestanden. Er hatte den Arm gerieben und ihn behaart gefunden! Etwas Unbestimmteres lässt sich gar nicht denken – es ist dasselbe, wie wenn man in einem Ärmel einen Arm findet. Mosieur Beauvais kehrte in jener Nacht nicht zurück, sondern sandte Madame Rogêt am Mittwoch abend um 7 Uhr Nachricht, dass die Untersuchungen noch im Gange seien. Wenn wir zugeben, dass Madame Rogêt, von Alter und Gram gebeugt, unfähig war, der Untersuchung beizuwohnen, so müßte doch immerhin irgend jemand es für wert gehalten haben, sich hinzubegeben, wenn man der Meinung war, die Leiche könne die des jungen Mädchens sein. Doch niemand tat das. Man war so verschwiegen, dass nicht einmal die Mitbewohner des Hauses in der Rue Pavée Sainte Andrée etwas von der Sache erfuhren. Monsieur St. Eustache, der Liebhaber und künftige Gatte Maries, der im Hause ihrer Mutter wohnte, gibt an, er habe von der Auffindung der Leiche seiner Zukünftigen erst am folgenden Morgen gehört, als Monsieur Beauvais bei ihm eintrat und ihm davon berichtete. Wir sind erstaunt, wie kühl die Schreckensbotschaft entgegengenommen wurde.«

In dieser Weise versuchte die Zeitung ihre Leser zu überzeugen, dass die Familie Maries den Ereignissen eine Gleichgültigkeit entgegenbringe, die unvereinbar sei mit der Annahme, dass jene die Leiche als die des Mädchens anerkenne. Die Vermutungen des Blattes sind diese: Marie habe mit Wissen ihrer Freunde die Stadt verlassen, aus Gründen, die ihre jungfräuliche Reinheit in Frage stellten, und diese Freunde hätten die Gelegenheit der Auffindung einer Leiche, die mit der Vermissten einige Ähnlichkeit aufweise, benutzt, um die Öffentlichkeit von ihrem Tode zu überzeugen. Doch ›L'Etoile‹ war übereifrig gewesen. Es wurde klar erwiesen, dass auf seiten der Familie durchaus keine Gleichgültigkeit herrschte; dass die alte Dame außerordentlich hinfällig und viel zu aufgeregt war, um irgendwelchen Pflichten genügen zu können; dass St. Eustache, weit davon entfernt, die Nachricht kühl aufzunehmen, vor Kummer außer sich war und sich so rasend gebärdete, dass Monsieur Beauvais einen Freund und Verwandten ersuchte, ihn zu bewachen und zu verhindern, dass er der Wiederausgrabung der Leiche beiwohne. Und obgleich ›L'Etoile‹ behauptete, dass die Leiche nunmehr auf öffentliche Kosten beerdigt wurde – dass ein vorteilhaftes Angebot eines Privat-Begräbnisses von der Familie schroff abgelehnt wurde – und dass kein Familienglied der Zeremonie beiwohnte –, obgleich, sage ich, alles dies von ›L'Etoile‹ zur Bekräftigung der von ihm aufgestellten Ansicht behauptet wurde – so wurde doch alles genügend widerlegt. In einer späteren Nummer machte das Blatt den Versuch, Beauvais selbst zu verdächtigen. Es hieß da:

»Die Sachlage ändert sich nun. Wir erfahren, dass Monsieur Beauvais eines Tages zu einer sich damals im Hause Rogêt aufhaltenden Madame B. sagte, er beabsichtige auszugehen, es werde vermutlich ein Gendarm kommen, dem sie nichts über die Angelegenheit sagen solle, ehe er zurück sei; sie möge die Sache ihm selbst überlassen ... So wie die Dinge jetzt stehen, scheint es, als habe Monsieur Beauvais sie in seinem Gehirnkasten hinter Schloss und Riegel gesetzt. Nicht der kleinste Schritt kann ohne Monsieur Beauvais geschehen, immer stößt man auf ihn ... Aus irgendeinem Grunde wünscht er, dass niemand außer ihm mit den Nachforschungen zu tun habe, und er hat nach Angabe der männlichen Verwandten sie alle in höchst sonderbarer Weise beiseite geschoben. Es widerstrebte ihm anscheinend sehr, den Verwandten die Besichtigung der Leiche zu gestatten.«

Folgende Tatsache wirft ein wenig Licht auf die Verdächtigung gegen Monsieur Beauvais. Einige Tage vor dem Verschwinden des Mädchens hatte ein Herr, der Beauvais in seinem Bureau besuchen kam und diesen abwesend fand, im Schlüsselloch eine Rose stecken gesehen und auf einer nahebei hängenden Tafel den Namen ›Marie‹ gelesen.

Die allgemeine Auffassung der Sache – soweit wir sie den Zeitungen entnehmen konnten – schien die zu sein, dass Marie das Opfer einer wüsten Bande geworden sei, die sie über den Fluss geschleppt, misshandelt und ermordet habe. ›Le Commercial‹ jedoch, ein Blatt von weittragender Bedeutung, suchte ernstlich diese Volksmeinung zu widerlegen. Ich zitiere ein paar Stellen aus seinen Spalten:

»Wir sind überzeugt, dass die Verfolgung bisher auf falscher Fährte war, sofern sie die Barrière du Roule im Auge hatte. Es ist ausgeschlossen, dass eine Tausenden bekannte Persönlichkeit, wie dieses junge Weib, drei Häuserquadrate durchqueren könnte, ohne erkannt zu werden; und wer sie erkannt hätte, würde sich dessen erinnern, denn sie interessierte jeden, der sie kannte. Ihr Fortgang erfolgte zu einer Zeit, da die Straßen voller Menschen waren ... Es ist unmöglich, dass sie zur Barrière du Roule oder Rue des Drômes gegangen sein sollte, ohne von einem Dutzend Leuten erkannt worden zu sein; dennoch hat sich niemand gemeldet, der sie außerhalb des mütterlichen Hauses gesehen hätte, und was spricht dafür, dass sie es überhaupt verlassen hat – ausgenommen die ausgesprochene Absicht dazu? Ihr Kleid war zerrissen und wie ein Strick um ihren Leib geknotet – offenbar ist die Leiche daran wie ein Bündel getragen worden. Wäre der Mord an der Barrière du Roule begangen worden, so wäre eine solche Maßregel überflüssig gewesen. Die Tatsache, dass die Leiche bei der Barrière im Wasser treibend gefunden wurde, ist kein Beweis dafür, dass sie auch dort ins Wasser geworfen worden ... Aus dem Unterrock der Unglücklichen war ein zwei Fuß langes und ein

Fuß breites Stück herausgerissen und ihr um Kopf und Kinn gebunden, vermutlich um sie am Schreien zu verhindern. Das müssen Leute getan haben, die nicht im Besitze von Taschentüchern waren.«

Ein oder zwei Tage ehe der Präfekt uns besuchte, hatte die Polizei eine bedeutsame Nachricht erhalten, die zumindest die von ›Le Commercial‹ vertretene Hauptansicht über den Haufen warf. Zwei kleine Knaben, Söhne einer Madame Deluc, drangen bei einer Streife durch die Waldungen nahe der Barrière du Roule in ein Dickicht, wo drei oder vier große Steine eine Art Sitz mit Lehne und Fußbank bildeten. Auf dem oberen Stein lag ein weißer Unterrock, auf dem zweiten eine seidene Schärpe. Auch ein Sonnenschirm, Handschuhe und ein Taschentuch wurden hier gefunden. Das Taschentuch trug den Namen ›Marie Rogêt‹. An den benachbarten Brombeerbüschen hingen Kleiderfetzen. Die Erde war zerstampft, die Zweige waren geknickt, und alles deutete auf einen stattgehabten Kampf. Zwischen Dickicht und Fluss waren die Hecken umgebrochen, und der Boden zeigte, dass hier eine schwere Last entlang geschleppt worden war.

Ein Wochenblatt, ›Le Soleil‹, machte zu dieser Entdeckung folgende Bemerkung – die übrigens ein Echo der gesamten Pariser Presse war:

»Alle diese Dinge haben offenbar mindestens drei bis vier Wochen dort gelegen; sie waren sämtlich vom Regen durchfeuchtet und modrig geworden und klebten zusammen vor Moder. Das eine oder andere war hoch von Gras überwachsen. Die Seide des Sonnenschirms war kräftig, aber so verwittert und modrig, dass sie beim Öffnen des Schirms zerfiel. Die an den Büschen hängenden Kleiderfetzen hatten eine Größe von drei zu sechs Zoll. Ein Fetzen war der Saum des Kleides und war geflickt; ein anderer war aus dem Unterrock, nicht der Saum. Sie glichen abgerissenen Streifen und hingen am Dornbusch, etwa einen Fuß über dem Erdboden ... Es kann also kein Zweifel sein, dass man die Stelle der empörenden Gewalttat aufgefunden hat.«

Diese Entdeckung brachte neue Tatsachen ans Licht. Madame Deluc sagte aus, dass sie an der Landstraße, nicht weit vom Flussufer, gegenüber der Barrière du Roule, eine Gastwirtschaft betreibe. Die Umgegend ist sehr einsam. Sie ist besonders des Sonntags der Zufluchtsort schlechter Elemente aus der Stadt, schlimmer Burschen, die in Booten übersetzen. Am fraglichen Sonntag erschien nachmittags gegen drei Uhr ein junges Mädchen im Gasthaus, in Begleitung eines jungen Mannes von dunkler Gesichtsfarbe. Die beiden hielten sich einige Zeit hier auf. Als sie gingen, schlugen sie die Richtung nach den dichten Wäldern der Umgegend ein. Madame Delucs Aufmerksamkeit war durch des Mädchens Kleid gefesselt worden, das dem einer verstorbenen Verwandten ähnlich gewesen war. Besonders der Schärpe erinnerte sie sich. Bald nach Fortgang des Paares erschien eine Rotte ›Bösewichter‹, gebärdete sich wüst und lärmend, aß und trank ohne zu bezahlen, folgte dem Weg, den der junge Mann und das Mädchen genommen, kehrte zur Dämmerzeit zum Gasthof zurück und setzte in Eile wieder über den Fluss.

Es war am selben Abend, bald nach Dunkelwerden, als Madame Deluc und ihr ältester Sohn in der Nähe des Gasthofs eine Frauenstimme schreien hörten. Die Schreie waren heftig, doch kurz. Madame D. erkannte nicht nur die Schärpe wieder, die man im Dickicht gefunden, sondern auch das Kleid, das die Leiche getragen. Jetzt bekundete auch ein Omnibuskutscher, Valence, dass er am fraglichen Sonntag Marie Rogêt gesehen habe, wie sie in Begleitung eines jungen Mannes von dunkler Gesichtsfarbe auf einem Fährboot die Seine überquerte. Er, Valence, kannte Marie und konnte über ihre Identität nicht im Zweifel sein. Die im Dickicht gefundenen Gegenstände wurden alle von den Verwandten Maries wiedererkannt.

Die Ansichten und Tatsachen, die ich auf Dupins Anregung hin aus den Zeitungen gesammelt hatte, enthielten nur noch einen weiteren Punkt – doch dies war ein Punkt von scheinbar weittragender Bedeutung. Es ergab sich, dass kurz nach Auffindung der oben beschriebenen Kleidungsstücke der leblose – oder nahezu leblose – Körper St. Eustaches, Maries Verlobten, in der Nähe des Ortes gefunden wurde, den alle jetzt für den Mordplatz hielten. Ein Fläschchen mit der Aufschrift ›Laudanum‹ lag leer neben ihm. Sein Atem roch nach dem Gift. Er starb, ohne gesprochen zu haben. Man fand einen Brief bei ihm, der kurz besagte, dass er Marie liebe und in den Tod gehen wolle.

»Ich brauche Ihnen wohl nicht zu sagen«, bemerkte Dupin, nachdem er meine Notizensammlung überflogen hatte, »dass dieser Fall weit verwickelter ist als jener aus der Rue Morgue, von dem er besonders in einem Punkte abweicht. Dies hier ist trotz seiner Scheußlichkeit ein gewöhnliches Verbrechen. Es hat nichts Absonderliches, nichts Unerklärliches. Aus diesem Grunde hat man die Lösung des Geheimnisses für leicht gehalten – die aber aus ebendiesem Grunde besonders schwierig ist. Man hielt es also zunächst für überflüssig, eine Belohnung auszusetzen. G.s Häscher wussten unschwer zu begreifen, wie und warum eine solche Scheußlichkeit begangen worden sein mochte. Sie hatten Vorstellungskraft genug, um sich mannigfache Art und Weisen und mannigfache Gründe auszumalen; und weil es nicht unmöglich war, dass eine dieser zahlreichen Vermutungen den Tatsachen entspräche, nahmen sie das einfach für gewiss an. Doch die Leichtigkeit, mit der man zu allen diesen Möglichkeiten kam, und die Wahrscheinlichkeit, die jede für sich hatte, hätte als bezeichnend für die Schwierigkeit, nicht für die Leichtigkeit der Lösung erachtet werden müssen. Ich sagte vorhin, dass gerade die Absonderlichkeiten es sind, die der Vernunft auf ihrer Suche nach der Wahrheit die beste Handhabe bieten, und dass in Fällen wie dieser hier die Frage nicht sein sollte: was ist geschehen?, sondern vielmehr: was ist geschehen, das noch nie vorher geschehen ist? Bei den Nachforschungen im Hause der Madame L'Espanaye waren die Beamten G.s entmutigt und verzweifelt wegen eben der Ungewöhnlichkeit des Ereignisses, die einem gut geschulten Intellekt gerade das sicherste Zeichen zum Erfolg geboten hätte. Derselbe Intellekt könnte aber durch den gewöhnlichen Verlauf dieser anderen Mordsache, die den Polizeibeamten so leichten Triumph vorgaukelt, in Verzweiflung gestürzt werden.

In der Angelegenheit der Madame L'Espanaye und ihrer Tochter gab es schon bei Beginn unserer Untersuchungen keinen Zweifel, dass ein Mord stattgefunden hatte. Der Gedanke an Selbstmord war von Anfang an ausgeschlossen. Auch hier können wir diese Vermutung sofort zurückweisen. Der an der Barrière du Roule angelandete Leichnam wurde unter Umständen gefunden, die uns in diesem wichtigen Punkte alle Zweifel nehmen. Es ist aber die Annahme aufgetaucht, die aufgefundene Leiche sei gar nicht jene der Marie Rogêt – und nur für Überführung ihres Mörders oder ihrer Mörder ist die Belohnung ausgesetzt, und nur auf sie bezieht sich unsere Abmachung mit dem Präfekten. Wir beide kennen den Herrn gut. Man darf ihm nicht allzusehr trauen. Wenn wir bei unseren Nachforschungen von der gefundenen Leiche ausgehen und dann einen Mörder aufstellen, so geschähe es vielleicht doch, dass man die Leiche gar nicht als jene der Marie ansieht; gehen wir aber von der lebenden Marie aus, so haben wir wohl sie, finden sie aber nicht ermordet – in beiden Fällen tun wir nutzlose Arbeit, da wir es mit Monasieur G. zu tun haben. Also schon um unsertwillen, wenn nicht um des Rechtes willen, ist es unvermeidlich, dass unser erster Schritt sein muss, die Identität der Leiche mit der vermissten Marie Rogêt festzustellen.

Im Publikum haben die Beweisführungen von ›L'Etoile‹ Gewicht gehabt; und dass die Zeitung selbst von ihrer Bedeutung durchdrungen ist, geht aus der Art hervor, wie sie einen ihrer Aufsätze über dieses Thema einleitet: ›Mehrere Tagesblätter‹, sagt sie, ›sprechen von dem entscheidenden Artikel in unserer Montagsnummer.‹ Mir scheint der Artikel nur für den Eifer seines Verfassers entscheidend zu sein. Wir müssen im Auge behalten, dass die Aufgabe unserer Zeitungen im allgemeinen mehr darin besteht, Sensation zu erwecken – Fragen aufzuwerfen –, als die Sache der Wahrheit zu fördern. Dieser Zweck wird nur dann verfolgt, wenn er mit dem ersteren zusammenfällt. Das Blatt, das einfach die allgemeine Ansicht teilt, erntet – so wohlbegründet diese Ansicht auch sein mag – keinen Glauben beim Volk. Die Menge sieht nur den als weise an, der die schärfsten Widersprüche mit der allgemeinen Ansicht aufstellt. In der Schlussfolgerung wie in der Literatur ist es das Epigramm, das am schnellsten und am meisten geschätzt wird, obschon es am wenigsten wirklichen Wert hat.

Was ich sagen will, ist, dass lediglich diese Mischung von Sensationellem und Melodramatischem und nicht etwa irgendwelche Wahrscheinlichkeitsgründe maßgebend waren, dass ›L'Etoile‹ die Behauptung, Marie Rogêt sei noch am Leben, aufstellte, und was ihm den Erfolg beim Publikum sicherte. Prüfen wir die Punkte, von denen aus das Blatt seine Beweisführung antritt, indem wir die üblichen falschen Schlussfolgerungen aufdecken.

Das Bestreben des Schreibers geht zunächst dahin, an der geringen Zeit zwischen Maries Verschwinden und der Auffindung der Leiche zu zeigen, dass diese Leiche nicht jene der Marie sein kann. Dem Dialektiker wird es somit Zweck, diesen Zeitraum so viel als möglich zu verkürzen. In eiliger Verfolgung dieses Ziels setzt er an den Beginn seiner Argumentierung weiter nichts als eine Hypothese. ›Es ist Torheit anzunehmen‹, sagt er, ›dass der Mord – falls hier ein Mord vorliegt – früh genug ausgeführt werden konnte, um es den Mördern zu ermöglichen, die Leiche vor Mitternacht in den Fluss zu werfen.‹ Wir fragen sofort und selbstverständlich, warum? Warum ist es Torheit, anzunehmen, dass der Mord fünf Minuten nach Verlassen des mütterlichen Hauses erfolgte? Warum ist es Torheit anzunehmen, dass der Mord zu irgendeiner Tageszeit ausgeführt wurde? Es hat zu allen Stunden Ermordungen gegeben. Aber hätte der Mord am Sonntag zu irgendeiner Zeit zwischen neun Uhr früh und fünfzehn Minuten vor Mitternacht stattgefunden, so wäre immer noch Zeit genug gewesen, die Leiche vor Mitternacht in den Fluss zu werfen. Jene Voraussetzung kommt also zu der Schlussfolgerung, dass der Mord am Sonntag überhaupt nicht begangen worden sei; und wenn wir ›L'Etoile‹ eine derartige Annahme gestatten, so können wir ihm ebensogut alle erdenklichen anderen Willkürlichkeiten gestatten. Die missglückte Äußerung, die im ›Etoile‹ mit den Worten beginnt: ›Es ist Torheit anzunehmen, dass …‹, könnte aber im Hirn ihres Verfassers so gelautet haben: ›Es ist Torheit anzunehmen, dass der Mord – falls die Leiche ein Mordopfer ist – früh genug ausgeführt werden konnte, um es den Mördern zu ermöglichen, die Leiche vor Mitternacht in den Fluss zu werfen.‹ Es ist Torheit, sage ich, dies anzunehmen und gleichzeitig anzunehmen (wozu wir aber entschlossen sind), dass die Leiche nicht früher als nach Mitternacht hineingeworfen worden – eine an sich höchst inkonsequente Behauptung, aber immerhin nicht so widersinnig wie die abgedruckte.

Wäre es meine Absicht«, fuhr Dupin fort, »lediglich die Unhaltbarkeit dieses von ›L'Etoile‹ aufgestellten Satzes nachzuweisen, so lohnte es sich wohl kaum der Mühe. Es ist aber nicht ›L'Etoile‹, womit wir es zu tun haben, sondern die Wahrheit. Der fragliche Satz hat, so wie er dasteht, nur einen Sinn, und diesen Sinn habe ich festgestellt. Es ist jedoch nötig, dass wir hinter die Worte blicken, die die Aufgabe hatten, einen Gedanken zu vermitteln. Die Absicht des Journalisten ging dahin, zu sagen, dass es unwahrscheinlich sei, dass die Mörder gewagt haben sollten, die Leiche vor Mitternacht in den Fluss zu werfen – zu welcher Tages- oder Nachtzeit am Sonntag der Mord auch begangen sein sollte. Und hierin liegt die Annahme, die ich verwerfe: es wird angenommen, dass die Mordtat an solchem Orte und unter solchen Umständen geschah, dass es nicht nötig wurde, die Leiche zum Fluss zu schleppen. Nun könnte der Mord zum Beispiel am Flussufer oder auf dem Fluss selbst stattgefunden haben, und so könnte das Inswasserwerfen der Leiche zu jeder Tages- oder Nachtzeit sich als die naheliegendste und selbstverständlichste Art zu ihrer Entledigung erwiesen haben. Sie werden verstehen, dass ich hier nichts als wahrscheinlich aufstelle oder etwa als meiner eigenen Ansicht entsprechend. Meine Ansicht hat bis jetzt mit den Tatsachen des Falles nichts zu tun. Ich will Sie nur vor dem ganzen Ton der von ›L'Etoile‹ ausgesprochenen Vermutung warnen, indem ich Ihre Aufmerksamkeit darauf hinlenke, von wie falschen Voraussetzungen das Blatt ausgeht.

Nachdem die Zeitung diese ihrer vorgefassten Meinung entsprechende Grenze gezogen und zu dem Schlusse gekommen, dass die Leiche Maries – falls es ihre Leiche sei – nur ganz kurze Zeit im Wasser gelegen haben könne, fährt sie fort:

›Die Erfahrung zeigt aber, dass Leichen Ertrunkener oder sofort nach dem Tode gewaltsam ins Wasser Geworfener sechs bis zehn Tage brauchen, ehe die Zersetzung eingetreten ist, die sie an die Oberfläche bringt. Selbst wenn man über einer unter Wasser ruhenden Leiche eine Kanone abfeuert und so das Steigen der ersteren vor dem fünften oder sechsten Tage veranlasst, sinkt dieselbe wieder unter, sowie die Erschütterung vorbei ist.‹

Diese Versicherungen sind von allen Pariser Blättern stillschweigend hingenommen worden, mit Ausnahme von ›Le Moniteur‹. Letztere Zeitung versucht lediglich die Äußerung über die Leichen Ertrunkener zu bekämpfen, und zwar indem sie fünf oder sechs Fälle zitiert, in denen Ertrunkene schon nach kürzerer Zeit an der Wasseroberfläche gesehen wurden, als ›L'Etoile‹ für möglich hält. Aber der ›Moniteur‹ geht in seinem Bemühen, die allgemeine Annahme von ›L'Etoile‹ durch Zitierung einzelner abweichender Fälle zu widerlegen, sehr unphilosophisch vor. Hätte man auch fünfzig statt fünf Beispiele von bereits nach zwei bis drei Tagen wieder emporgetauchten Leichen anführen können, so hätten selbst diese fünfzig Beispiele nur als Ausnahme von der von ›L'Etoile‹ aufgestellten Regel betrachtet werden müssen – so lange, bis die Regel selbst widerlegt wäre. Gibt man die Regel zu (der ›Moniteur‹ weist sie nicht zurück, sondern besteht nur auf seinen Ausnahmen), so behält die Beweisführrung von ›L'Etoile‹ ihre volle Kraft, denn sie will ja nichts weiter, als die Wahrscheinlichkeit in Frage stellen, dass die Leiche nach weniger als drei Tagen an die Oberfläche gelangt sei; und diese Wahrscheinlichkeit bleibt so lange bestehen, bis die angeführten Beispiele eine genügende Zahl aufweisen, um eine entgegengesetzte Regel zu ergeben.

Sie sehen sofort, dass jede Beweisführung hier nur gegen die Regel selber vorzugehen hätte; und aus diesem Grunde müssen wir die Begründung der Regel nachprüfen. Nun ist der menschliche Körper im allgemeinen weder viel leichter noch viel schwerer als das Wasser der Seine; ich meine: das spezifische Gewicht des menschlichen Körpers entspricht für gewöhnlich der Menge des von diesem verdrängten Süßwassers. Die Körper fetter und fleischiger Menschen mit dünnen Knochen, besonders also von Frauen, sind leichter als solche von Mageren und Grobknochigen und von Männern; und das spezifische Gewicht des Flusswassers wird etwas von Ebbe und Flut beeinflusst. Sehen wir aber von dieser unbedeutenden Tatsache ab, so kann man sagen, dass höchst selten ein menschlicher Körper, selbst in Süßwasser, aus eigenem Antrieb untergeht. Fast jeder, der ins Wasser fällt, kann sich an der Oberfläche halten, wenn er das spezifische Gewicht des Wassers mit seinem eigenen ins Gleichgewicht zu bringen weiß – das heißt, wenn er seinen ganzen Körper so weit als irgend möglich unter Wasser bringt. Die richtige Stellung für einen, der nicht schwimmen kann, ist die aufrechte Haltung, mit zurückgelegtem und so weit untergetauchtem Kopf, dass nur Mund und Nase aus dem Wasser ragen. In dieser Lage treiben wir mühelos an der Oberfläche dahin. Es ist jedoch Tatsache, dass das Gewicht unseres Körpers und das der verdrängten Wassermenge einander so gleich sind, dass eine Kleinigkeit das eine oder andere überwiegen lässt. So bedeutet zum Beispiel ein aus dem Wasser erhobener Arm eine genügende Gewichtszunahme, um den ganzen Kopf unter Wasser zu drücken, wohingegen der zufällige Beistand des kleinsten Treibholzes es uns ermöglichen würde, den Kopf so weit zu erheben, um Umschau halten zu können. Nun wird ein Nichtschwimmer in seiner Angst unfehlbar die Arme emporwerfen und den Versuch machen, den Kopf in seiner üblichen senkrechten Lage zu erhalten. Die Folge ist, dass Mund und Nase unter Wasser kommen und dass dann durch das Atmen Wasser in die Lungen eindringt. Vieles gelangt auch in den Magen, und der ganze Körper wird um das Gewicht des eingedrungenen Wassers schwerer, abzüglich des Gewichts der verdrängten Luft, die vorher die Höhlungen ausfüllte. Diese Differenz genügt in der Regel, den Körper zum Sinken zu bringen, ist aber ungenügend in Fällen, wo es sich um Leute mit feinen Knochen und ungewöhnlicher Fleisch- und Fettmasse handelt. Solche Leute treiben selbst nach dem Ertrinken an der Oberfläche.

Der auf den Grund des Flusses hinabgesunkene Körper wird so lange dort bleiben, bis aus irgendwelchen Ursachen sein spezifisches Gewicht geringer wird als die von ihm verdrängte Wassermenge. Diese Wirkung wird durch Zersetzung oder sonstige Ursachen erzielt. Die Folge der Zersetzung ist die Entstehung von Gas, das das Zellengewebe erweitert, alle Höhlungen auftreibt und die Leichen fürchterlich aufbläht. Ist diese Ausdehnung so weit fortgeschritten, dass der Umfang des Körpers zugenommen hat, ohne dass doch eine entsprechende Zunahme der Masse und des Gewichts erfolgt wäre, so wird sein spezifisches Gewicht geringer als das des verdrängten Wassers, und er erscheint an der Oberfläche. Die Zersetzung wird aber durch zahllose Umstände beeinflusst, zum Beispiel durch hohe oder niedere Lufttemperatur, durch Mineralgehalt oder Reinheit des Wassers, durch dessen Tiefe oder Untiefe, Strömung oder Stagnation, durch die Körpertemperatur, durch etwaige vor dem Tode vorhanden gewesene Krankheitserscheinungen. Dies zeigt klar, dass wir unmöglich mit Genauigkeit die Zeit angeben können, zu der ein Körper infolge Zersetzung an der Oberfläche erscheinen kann. Unter gewissen Umständen könnte diese Wirkung schon nach einer Stunde eintreten, unter anderen überhaupt nicht. Es gibt chemische Einflüsse, welche den Leib für immer vor Zerstörung bewahren; dazu gehört zum Beispiel doppelt-chlorsaures Quecksilber. Doch abgesehen von der Zersetzung kann, was häufig vorkommt, im Magen eine Gaserzeugung infolge Gärung vegetabilischer Substanzen (oder in anderen Höhlungen infolge anderer Vorgänge) stattfinden, die genügt, den Körper so weit auszudehnen, dass er steigt. Die durch das Abfeuern einer Kanone erzielte Wirkung ist einfach eine Vibration. Diese kann entweder den Körper aus dem weichen Schlamm lösen, in den er eingebettet ist, und ihm so das Steigen ermöglichen, wenn andere Einflüsse ihn schon dazu vorbereitet haben, oder die Zähigkeit faulender Teile des Zellengewebes vermindern, so dass die Höhlungen sich nunmehr unter der Einwirkung des Gases auszudehnen vermögen.

Nachdem wir so den ganzen Gegenstand beherrschen,

fällt es uns leicht, die Behauptungen von ›L'Etoile‹ zu beurteilen.

›Die Erfahrung zeigt aber‹, sagt dieses Blatt, ›dass Leichen Ertrunkener oder sofort nach dem Tode gewaltsam ins Wasser Geworfener sechs bis zehn Tage brauchen, ehe die Zersetzung eingetreten ist, die sie an die Oberfläche bringt. Selbst wenn man über einer unter Wasser ruhenden Leiche eine Kanone abfeuert und so das Steigen der ersteren vor dem fünften oder sechsten Tage veranlasst, sinkt dieselbe wieder hinunter, sowie die Erschütterung vorbei ist.‹

Dieser ganze Absatz erscheint nun zusammenhanglos und folgewidrig. Die Erfahrung zeigt nicht, dass Leichen Ertrunkener sechs bis zehn Tage brauchen, bis die Zersetzung so weit gediehen ist, um sie an die Oberfläche zu bringen. Vielmehr zeigen Wissenschaft und Erfahrung, dass der Zeitpunkt ihres Emporsteigens unbestimmt ist und notgedrungen sein muss. Ist überdies eine Leiche infolge eines Kanonenschusses emporgestiegen, so wird sie nicht ›wieder hinuntersinken, sowie die Erschütterung vorbei ist‹, nicht eher vielmehr, als bis die Zersetzung so weit fortgeschritten ist, dass das entstandene Gas entweichen kann. Doch ich möchte Ihre Aufmerksamkeit auf den Unterschied lenken, der gemacht ist zwischen ›Leichen Ertrunkener‹ und ›Leichen sofort nach dem Tode gewaltsam ins Wasser Geworfener‹. Obgleich der Schreiber einen Unterschied zulässt, bringt er doch beide in dieselbe Kategorie. Ich habe gezeigt, wie es kommt, dass der Körper eines Ertrinkenden spezifisch schwerer wird als die verdrängte Wassermenge, und dass man überhaupt nicht untersinken würde, wenn man nicht in seiner Verzweiflung die Arme aus dem Wasser streckte und unter Wasser Atembewegungen machte – Atembewegungen, die an Stelle der in den Lungen enthaltenen Luft Wasser einführen. Diese Arm- und Atembewegungen würden aber bei einem ›sofort nach dem Tode gewaltsam ins Wasser Geworfenen‹ nicht vorkommen. Infolgedessen würde in letzterem Falle der Körper in der Regel überhaupt nicht sinken – eine Tatsache, die dem ›Etoile‹ offenbar unbekannt ist. Wenn die Zersetzung sehr weit fortgeschritten wäre – wenn das Fleisch zum großen Teil schon von den Knochen verschwunden wäre –, dann, doch nicht eher, würde der Körper unseren Blicken entschwinden.

Und was haben wir nun von der Schlussfolgerung zu halten, dass die gefundene Leiche nicht die der Marie Rogêt sein könne, weil erst drei Tage vergangen waren, als man diese Leiche an der Oberfläche treibend fand? Ist sie eine Ertrunkene, so war sie, ein Weib, vielleicht überhaupt nicht untergegangen oder konnte, falls sie gesunken, in vierundzwanzig Stunden oder früher wieder emporgestiegen sein. Doch niemand vermutet hier ein Ertrinken. War das Weib aber tot, ehe es in den Fluss geriet, so hätte die Leiche jederzeit danach treibend gefunden werden können.

›Aber‹, sagt ›L'Etoile‹, ›hätte die Leiche in ihrem verstümmelten Zustand bis Dienstagnacht an Land gelegen, so hätte man Spuren von den Mördern finden müssen.‹ Hier ist es zunächst schwer, herauszufinden, was der Schreiber gewollt hat. Er will einen eventuellen Einwand gegen seine Theorie widerlegen – den Einwand nämlich, dass die Leiche zunächst zwei Tage an Land gelegen und rascher Verwesung unterworfen gewesen sein könne – rascherer Verwesung als im Wasser. Er nimmt an, dass sie in diesem Falle am Mittwoch an der Oberfläche aufgetaucht sein könne, und meint, dass dies nur unter solchen Umständen geschehen sein könne. Er hat es infolgedessen eilig zu zeigen, dass sie nicht an Land gelegen hat, denn wenn das gewesen wäre, ›hätte man Spuren von Mördern finden müssen‹. Ich denke, Sie lächeln über diese Schlussfolgerung. Sie können nicht einsehen, wieso ein längeres Anlandliegen der Leiche die Spuren der Mörder vermehren sollte – auch ich kann das nicht einsehen.

›Und fernerhin ist es äußerst unwahrscheinlich‹, fährt die

Zeitung fort, ›dass Kerle, die einen solchen Mord begangen, den Leichnam ins Wasser geworfen haben sollten, ohne ihn durch einen Ballast zum Sinken zu bringen, wo solche Vorsichtsmaßregel doch so leicht getroffen werden kann.‹ Beachten Sie hier die lächerliche Gedankenverwirrung. Niemand – nicht einmal ›L'Etoile‹ – bestreitet, dass an dem aufgefundenen Körper ein Mord begangen worden. Die Spuren roher Vergewaltigung sind zu auffällig. Unseres Dialektikers Absicht geht nur dahin, zu zeigen, dass dieser Körper nicht mit Marie identisch ist. Er wünscht nachzuweisen, dass Marie nicht ermordet worden – nicht etwa, dass die Leiche es nicht sei. Dennoch beweist seine Äußerung nur diesen letzteren Punkt: hier ist eine Leiche ohne beschwerendes Gewicht. Mörder würden beim Inswasserwerfen derselben nicht versäumt haben, ein Gewicht daran zu befestigen. Daher ist sie also nicht von Mördern hineingeworfen. Das ist alles, was bewiesen wird – wenn überhaupt etwas bewiesen wird.

Die Frage der Identität wird nicht einmal berührt, und das Blatt hat sich furchtbare Mühe gemacht, lediglich das zu leugnen, was es einen Moment früher zugegeben. ›Wir sind vollkommen überzeugt‹, sagt es weiter, ›dass die gefundene Leiche diejenige eines ermordeten Weibes war.‹

Dies ist aber nicht das einzige Mal, dass unser Dialektiker sich selbst widerlegt. Seine offenbare Absicht ist, wie ich schon sagte, den Zwischenraum zwischen Maries Verschwinden und der Auffindung der Leiche so viel als möglich zu verringern. Dennoch sehen wir ihn den Punkt geltend machen, dass kein Mensch das Mädchen nach Verlassen ihrer Wohnung mehr gesehen hat. ›Es ist nicht erwiesen‹, sagt er, ›dass Marie Rogêt am Sonntag, den 22. Juni, nach neun Uhr noch unter den Lebenden weilte.‹ Da seine Beweisführung offenbar nur eine einseitige ist, hätte er wenigstens diese Sache außer acht lassen sollen; denn wäre es erwiesen, dass irgend jemand, sei es nun am Montag oder am Dienstag, Marie gesehen hat, so wäre der fragliche Zeitraum sehr vermindert und durch seine eigene Schlussfolgerung die Wahrscheinlichkeit verringert worden, dass die Leiche jene der Grisette sei. Es ist nichtsdestoweniger amüsant zu sehen, dass ›L'Etoile‹ auf diesem Punkt besteht, in der festen Überzeugung, dass er ihm für seine gesamte Beweisführung dienlich sei.

Lesen wir nun nochmals den Teil der Beweisführung, der sich auf die Identifizierung der Leiche durch Beauvais bezieht. Was das Haar auf den Armen anlangt, so ist ›L'Etoile‹ augenscheinlich in diesem Punkte unaufrichtig. Monsieur Beauvais ist kein Idiot und konnte unmöglich bezüglich der Identifizierung der Leiche nichts weiter geltend gemacht haben, als dass sie Haare auf den Armen habe. Kein Arm ist ohne Haare. Die Verallgemeinerung der Äußerung von ›L'Etoile‹ ist einfach eine Verdrehung der Worte des Zeugen. Er muss von irgendeiner Eigenart dieses Haares gesprochen haben; es muss eine Besonderheit in der Farbe, der Menge, der Länge oder der Anordnung gewesen sein.

›Ihr Fuß‹, sagt das Blatt, ›war klein – so sind tausend Füße. Ihre Strumpfbänder sind überhaupt kein Beweis, ebensowenig ihre Schuhe, denn Schuhe und Strumpfbänder werden bündelweise verkauft. Dasselbe ist von den Blumen auf ihrem Hut zu sagen. Eine Sache, auf die Monsieur Beauvais sich besonders stützt, ist die, dass die Schließe des Strumpfbands zurückgesetzt war, um es enger zu machen. Das besagt gar nichts; denn die meisten Frauen pflegen nicht die Strumpfbänder im Kaufladen anzuprobieren, sondern kaufen sich ein Paar und ändern es zu Hause entsprechend um.‹ Hier ist es schwer, den Schreiber ernst zu nehmen. Hätte Monsieur Beauvais auf seiner Suche nach Marie eine Leiche gefunden, die an Gestalt und Aussehen dem vermissten Mädchen ähnlich gewesen, so wäre er (ganz abgesehen von der Kleiderfrage) zu der Behauptung berechtigt gewesen, dass seine Suche Erfolg gehabt habe. Wenn außer der Übereinstimmung von Gestalt und Aussehen noch hinzukam, dass die Behaarung der Arme eine Eigenart aufwies, die er bei der lebenden Marie wahrgenommen, so mag seine Überzeugung sich verstärkt haben, und diese Zunahme wird zu der Seltsamkeit oder Ungewöhnlichkeit der Haarbildung im entsprechenden Verhältnis gestanden haben. Wenn überdies Maries Fuß schmal und jener der Leiche ebenso gewesen, so würde die Wahrscheinlichkeit, dass diese Leiche die der Marie war, nicht eine Verstärkung in lediglich arithmetischer, sondern eine solche in geometrischer oder akkumulativer Hinsicht erfahren. Und zu alledem Schuhe, wie Marie sie am Tage ihres Verschwindens getragen! Obgleich diese Schuhe ›bündelweise‹ verkauft werden, so steigt doch nun die Wahrscheinlichkeit bis an die Grenze der Gewissheit. Was an und für sich kein Identitätsbeweis wäre, wird durch ein Zusammentreffen mit anderen zum sichersten Beweis. Finden wir nun noch Blumen auf dem Hut, die denen des vermissten Mädchens gleichen, so suchen wir keine weiteren Zeichen. Schon eine Blume würde genügen – wie nun, wenn es zwei oder drei oder gar mehr sind? Jede hinzukommende vervielfältigt den Beweis, fügt nicht Erkennungszeichen zu Erkennungszeichen, sondern multipliziert diese mit Hunderten und Tausenden. Lassen Sie uns nun noch bei der Leiche solche Strumpfbänder finden, wie die Lebende sie getragen, und es ist Torheit, noch weiter zu suchen. Doch diese Strumpfbänder sind durch Zurücksetzen einer Schnalle enger gemacht, in derselben Weise, wie Marie die ihrigen, nicht lange ehe sie von Hause fortging, verändert hatte. Nun ist es Wahnsinn oder Heuchelei, weiterzusuchen. Was ›L'Etoile‹ darüber sagt, dass solches Engernähen der Strumpfbänder häufig vorgenommen werde, zeigt nichts als seine eigene Verranntheit. Die Elastizität der Strumpfbänder beweist allein schon die Ungewöhnlichkeit einer solchen Maßnahme. Was so beschaffen ist, dass es sich selbst anpasst, braucht notwendigerweise nur selten passend geändert zu werden. Es muss im wahrsten Sinne des Wortes ein besonderes Ereignis gewesen sein, was das Engernähen von Maries Strumpfbändern nötig machte. Sie allein hätten ihre Identität zur Genüge nachgewiesen. Aber es war nun nicht so, dass man an der Leiche die Strumpfbänder der Vermissten oder ihre Schuhe, oder ihren Hut, oder die Blumen ihres Hutes fand, oder ihre kleinen Füße, oder ein besonderes Kennzeichen auf den Armen, oder ihre Größe und Erscheinung – man fand vielmehr jedes dieser Dinge und alle zusammen. ›L'Etoile‹ hat es für klug gefunden, die kleinliche Redeweise der Rechtsgelehrten nachzuahmen, die sich zum großen Teil damit begnügen, die Regeln und Formeln der Gerichtshöfe herunterzuschnurren. Ich möchte hier bemerken, dass sehr viel von dem, was ein Gericht als Beweis verwirft, dem Intellekt als bester Beweis erscheint. Denn das Gericht, das sich zur Erlangung von Beweisen nach den allgemeinen Grundregeln richtet – den festgesetzten und gebuchten Grundregeln –, betrachtet eine abweichende Beweisführung als Abschweifung. Und dieses standhafte Kleben an den Formeln, unter schärfster Missachtung aller diesen zuwiderlaufenden Punkte, ist wohl ein sicherer Weg, das Maximum der ergründbaren Wahrheiten herauszufinden; aber es ist nicht weniger gewiss, dass es zu ungeheuren Irrtümern führen kann.

Was die gegen Beauvais vorgebrachten Verdächtigungen betrifft, so werden Sie diese ohne weiteres abtun. Sie haben den wahren Charakter des guten Mannes erraten. Er ist sensationsgierig, phantastisch und beschränkt und spielt sich gerne ein bisschen auf. Wer so veranlagt ist, wird sich in Fällen wirklicher Aufregung leicht so benehmen, dass er sich den Überschlauen und Unwissenden verdächtig macht. Monsieur Beauvais hatte, wie es den Anschein hat, ein persönliches Interview mit dem Herausgeber des Blattes und kränkte diesen, indem er, ungeachtet der Theorie des Herausgebers, seine Ansicht zu äußern wagte, dass die Leiche tatsächlich mit Marie identisch sei. ›Er besteht darauf‹, sagt das Blatt, ›dass die Leiche jene der Marie sei, weiß aber außer den Angaben, die wir hier einer Beurteilung unterzogen haben, nichts anzuführen, was auch für andere überzeugend wäre.‹

Ohne dass wir nun auf die Tatsache zurückkommen, dass stärkere Beweise, ›die auch für andere überzeugend wären‹, gar nicht erbracht werden könnten, so ist doch zu bemerken, dass in einem Fall wie dem vorliegenden ein Mann sehr wohl selbst überzeugt sein kann, ohne dass es ihm möglich wäre, einen einzigen Grund anzugeben, der für andere stichhaltig wäre. Nichts ist unbestimmter als das Gefühl für individuelle Identität. Jeder kann seinen Nachbarn erkennen, dennoch gibt es wenig Anlässe, bei denen irgendeiner den Grund für dieses Erkennen anzugeben vermöchte. Der Herausgeber des ›L'Etoile‹ hatte kein Recht, über Monsieur Beauvais' unbegründete Überzeugung beleidigt zu sein. Die gegen diesen vorliegenden Verdachtsmomente passen viel besser zu meiner Hypothese eines sensationshungrigen Phantasten als zu des Artikelschreibers Vermutung, dass Beauvais der Schuldige sei. Neigen wir dieser milderen Auffassung zu, so gibt uns die Rose im Schlüsselloch, das ›Marie‹ auf der Tafel, keine Rätsel mehr auf. Wir verstehen nun das ›Beiseiteschieben der männlichen Verwandten‹, sein ›Widerstreben, den Verwandten die Besichtigung der Leiche zu gestatten, die der Madame B. erteilte Warnung, dass sie bis zu seiner (Beauvais') Rückkehr kein Gespräch mit dem Gendarmen führen solle, und endlich sein offenbares Bestreben, dass niemand außer ihm mit den Nachforschungen zu tun haben solle‹.

Es scheint mir außer Frage, dass Beauvais ein Verehrer Maries gewesen, dass sie mit ihm kokettierte und dass ihm daran lag, als ihr naher Freund und Vertrauter zu gelten. Ich habe über diesen Punkt nichts mehr zu sagen; und da die Tatsachen die Behauptung des ›L'Etoile‹ bezüglich der Gleichgültigkeit von seiten der Mutter und der anderen Verwandten völlig widerlegt haben – eine Gleichgültigkeit, die unvereinbar war mit der Voraussetzung, dass sie die Leiche als jene des vermissten Mädchens anerkannten –, so wollen wir nun fortfahren, als wäre die Frage der Identität zu unserer vollen Zufriedenheit erledigt.«

»Und was«, fragte ich jetzt, »halten Sie von den Äußerungen des ›Commercial‹?«

»Dass sie weit mehr Beachtung verdienen als alle anderen, die in der Sache vorgebracht worden sind. Die aus den Prämissen gezogenen Schlüsse sind gewissenhaft und philosophisch; aber die Prämissen beruhen – in zwei Punkten wenigstens – auf falscher Beobachtung. Der ›Commercial‹ wünscht anzudeuten, dass Marie nicht weit vom Hause ihrer Mutter von einer Rotte roher Burschen aufgegriffen worden sei. ›Es ist unmöglich‹, äußert er, ›dass eine Tausenden bekannte Persönlichkeit wie dieses junge Weib drei Häuserquadrate durchqueren könnte, ohne erkannt zu werden.‹ Dies ist die Anschauung eines in Paris lange Ansässigen – eines im öffentlichen Leben Stehenden – und eines, dessen Gänge ins Stadtinnere sich meistens auf die Gegend öffentlicher Gebäude beschränkten. Er ist sich bewusst, dass er selten vom Bureau aus ein Dutzend Häuserquadrate passiert, ohne erkannt und gegrüßt zu werden. Und nach dem Umfang seines eigenen Bekanntenkreises berechnet er jenen der Verkäuferin, findet keinen großen Unterschied zwischen beiden und kommt ohne weiteres zu dem Schluss, dass sie auf ihren Gängen ebensoviel erkannt werden müsse, wie er selbst auf seinen. Das könnte nur dann der Fall sein, wenn ihre Gänge denselben methodischen, einförmigen Charakter aufwiesen und ihnen dieselben engen Grenzen gezogen wären, wie den seinigen. Er macht seine Wege immer zu denselben Zeiten, durch immer dieselben Straßen, die voller Menschen sind, deren Interessen den seinigen gleichen, und die darum auch an ihm ein Interesse nehmen. Die Gänge Maries aber mögen im allgemeinen ein größeres Gebiet umfasst haben. In diesem besonderen Fall ist es als sehr wahrscheinlich anzunehmen, dass sie eine von ihren gewohnten Wegen sehr abweichende Richtung nahm. Die Parallele, die, wie wir annehmen, der ›Commercial‹ im Geiste zog, wäre nur dann aufrecht zu erhalten, wenn beide Personen die ganze Stadt durchquerten. Angenommen, der persönliche Bekanntenkreis wäre gleich groß, so wäre in diesem Falle auch die Möglichkeit einer gleichen Anzahl von Begegnungen dieselbe. Ich für mein Teil halte es nicht nur für möglich, sondern für mehr als wahrscheinlich, dass Marie zu jeder gewünschten Zeit irgendeinen der vielen Wege zwischen ihrer eigenen Behausung und der der Tante hätte nehmen können, ohne einem einzigen Menschen zu begegnen, den sie kannte oder dem sie bekannt war. Wollen wir diese Frage ins rechte Licht rücken, so müssen wir uns immer das große Missverhältnis vorstellen, das zwischen dem Bekanntenkreis selbst der bekanntesten Persönlichkeit in Paris und der Gesamtbevölkerung von Paris besteht.

Doch welche überzeugende Kraft die Vermutung des ›Commercial‹ auch immer haben mag, sie wird sehr vermindert, wenn wir die Stunde in Betracht ziehen, zu der das Mädchen ausging. ›Ihr Fortgang erfolgte zu einer Zeit, da die Straßen voller Menschen waren‹, sagt der ›Commercial‹. Aber weit gefehlt! Es war um neun Uhr morgens. Nun sind an jedem Morgen um neun Uhr, mit Ausnahme des Sonntags, die Straßen der Stadt gedrängt voll. Am Sonntagmorgen um neun ist die Bevölkerung großenteils zu Hause und bereitet sich zum Kirchgang vor. Keinem Menschen mit Beobachtungsgabe kann es entgehen, wie geradezu vereinsamt die Straßen an jedem Feiertag von acht bis zehn Uhr morgens sind. Zwischen zehn und elf sind die Straßen überfüllt, nicht aber zu so früher Zeit wie die angegebene.

Da ist noch ein Punkt, der einen Beobachtungsfehler von seiten des ›Commercial‹ aufzuweisen scheint. Er sagt: ›Aus dem Unterrock der Unglücklichen war ein zwei Fuß langes und ein Fuß breites Stück herausgerissen und ihr um Kopf und Kinn gebunden, vermutlich um sie am Schreien zu verhindern; das müssen Leute getan haben, die nicht im Besitze von Taschentüchern waren.‹ Inwiefern dieser Gedanke mehr oder weniger gut begründet ist, werden wir später sehen; aber unter ›Leuten, die nicht im Besitze von Taschentüchern waren‹, versteht der Herausgeber die niedrigste Klasse von Lumpen. Diese sind aber gerade die Art von Leuten, die man immer im Besitze von Taschentüchern sehen wird – selbst wenn sie nicht einmal Hemden haben. Sie müssen schon Gelegenheit gehabt haben, zu bemerken, wie geradezu unentbehrlich dem wirklichen Vagabunden in den letzten Jahren das Taschentuch geworden ist.«

»Und was haben wir von dem Artikel in ›Le Soleil‹ zu halten?«, fragte ich.

»Dass es ungemein zu bedauern ist, dass sein Verfasser nicht als Papagei geboren worden – in welchem Falle er der bedeutendste Papagei seiner Zeit geworden wäre. Er hat lediglich die verschiedenen Einzelpunkte der bereits veröffentlichten Meinungen wiederholt, nachdem er sie mit lobenswertem Eifer aus diesem und jenem Blatt zusammengetragen. ›Alle diese Dinge‹, sagte er, ›haben offenbar mindestens drei bis vier Wochen dort gelegen, und es kann also kein Zweifel sein, dass man die Stelle der empörenden Gewalttat aufgefunden hat.‹ Die hier von ›Le Soleil‹ wiederangeführten Tatsachen sind weit davon entfernt, meine Zweifel in dieser Hinsicht zu beheben, und wir wollen sie späterhin in Verbindung mit einer anderen Seite unseres Themas eingehender nachprüfen.

Zunächst müssen wir uns mit anderen Beobachtungen befassen. Es muss Ihnen aufgefallen sein, wie außerordentlich oberflächlich die Untersuchung der Leiche gehandhabt wurde. Gewiss, die Frage der Identität war schnell entschieden – oder hätte es wenigstens sein müssen; aber es gab andere Dinge festzustellen. War die Leiche etwa geplündert worden? Hatte die Verstorbene, als sie von Hause fortging, irgendwelche Schmucksachen bei sich? Und wenn, hatte sie dieselben noch, als man ihre Leiche fand? Das sind wichtige Fragen, die bei der Untersuchung ganz übergangen wurden; und es gibt noch andere, ebenso wichtige, die unberücksichtigt blieben. Wir müssen versuchen, uns diese Fragen selbst zu beantworten. Der Fall St. Eustache muss nachgeprüft werden. Ich habe keinen Verdacht auf diesen Herrn, aber wir wollen methodisch vorgehen. Wir wollen den Wert seiner eidlichen Aussage darüber, wie und wo er den Sonntag verbracht, feststellen. In solchen Fällen sind Meineide nichts Seltenes. Sollte aber hier nichts Böses zu entdecken sein, so wollen wir St. Eustache aus unserem Forschungsgebiet ausscheiden. Sein Selbstmord, wie verdächtig er auch im Falle eines Meineids wäre, ist ohne solchen Meineid durchaus nichts so Unerklärliches, als dass es uns von der geraden Linie unserer Analyse abbringen könnte.

Mein Vorschlag geht nun dahin, den inneren sichtbaren Kern dieser Tragödie außer acht zu lassen und unserer Aufmerksamkeit weitere Grenzen zu ziehen. Ein nicht geringer Fehler bei solcher Nachforschung ist das Beschränken derselben auf die unmittelbaren Ereignisse, unter völliger Nichtachtung der mittelbaren, nebensächlichen Umstände. Es ist eine üble Angewohnheit der Gerichte, Beweisaufnahme und Zeugenverhör auf das anscheinend Wichtige zu beschränken. Denn Erfahrung hat gezeigt, dass ein großer – vielleicht der größere Teil der Wahrheit aus dem scheinbar Unwichtigen geschöpft wird. Diesem Grundsatz folgend hat sich die heutige Wissenschaft entschlossen, mit dem Unvorhergesehenen zu rechnen. Doch vielleicht verstehen Sie mich nicht. Die Geschichte menschlicher Erkenntnis hat uns so unausgesetzt gezeigt, wie wir den unrichtigen, nebensächlichen, zufälligen Ereignissen die wertvollsten Entdeckungen schulden, dass es schließlich nötig geworden ist, im weitesten Sinne den zufälligen Vermutungen, wenn sie auch ganz abseits vom gewöhnlichen Wege liegen, Beachtung zu schenken. Der Zufall ist als ein grundlegender Teil zur weiteren Nachforschung anerkannt worden; das Unvorhergesehene, Unvermutete legen wir den mathematischen Formeln zugrunde.

Ich wiederhole: es ist Tatsache, dass der größere Teil aller Wahrheiten aus dem Nebensächlichen gewonnen wurde; und in der Überzeugung von der Bedeutsamkeit dieser Erkenntnis möchte ich die Nachforschungen in unserem Fall hier von dem vielbegangenen und bisher unfruchtbaren Boden des Ereignisses selbst auf die ihm eng verknüpften Begleitumstände ablenken. Während Sie die Zeugeneide auf ihre Wahrhaftigkeit nachprüfen, will ich die Zeitungen in weiterem Sinne durchsuchen, als Sie es bisher getan haben. Bis jetzt haben wir nur das Feld für unsere Nachforschungen festgestellt; aber es wäre wirklich sonderbar, wenn eine verständnisvolle Durchsicht der öffentlichen Blätter, wie ich sie beabsichtige, uns nicht einige winzige Andeutungen für die einzuschlagende Richtung unserer Suche einbrächte.«

Dupins Anregung folgend, unterzog ich die eidlichen Aussagen einer sorgfältigen Nachprüfung. Das Resultat war meine feste Überzeugung von ihrer Wahrhaftigkeit und demnach von der Unschuld St. Eustaches. Währenddessen beschäftigte sich mein Freund mit einer Durchsicht der verschiedensten Zeitungsblätter, was mir als eine höchst überflüssige Umständlichkeit erschien. Nach Verlauf einer Woche legte er mir folgende Auszüge vor:

»Vor etwa dreieinhalb Jahren ereignete sich ein Fall, der mit dem vorliegenden große Ähnlichkeit hat. Jene selbe Marie Rogêt verschwand auch damals aus dem Parfümerieladen des Monsieur Le Blanc im Palais Royal. Nach Ablauf einer Woche erschien sie jedoch wieder wohlbehalten im

Geschäft, nur dass sie ungewöhnlich bleich war. Durch Monsieur Le Blanc und ihre Mutter wurde bekanntgegeben, dass sie eine Freundin auf dem Lande besucht habe, und die ganze Angelegenheit wurde so schnell als möglich niedergeschlagen. Wir nehmen an, dass ihr diesmaliges Verschwinden einer ähnlichen Laune entspringt und dass nach Verlauf einer Woche oder auch eines Monats Marie wieder auftaucht.« – Abendzeitung, Montag, 23. Juni.

»Ein gestriges Abendblatt erinnert an ein früheres geheimnisvolles Verschwinden der Mademoiselle Rogêt. Es ist bekannt, dass sie die Woche ihrer Abwesenheit aus Monsieur Le Blancs Parfümerieladen in Gesellschaft eines jungen Marineoffiziers, der einen Ruf als leichtsinniger Verführer hat, verbrachte. Ein Streit, so mutmaßt man, war die Ursache ihrer Rückkehr nach Hause. Wir kennen den Namen des in Frage stehenden Lothario, der gegenwärtig in Paris stationiert ist, unterlassen aber aus naheliegenden Gründen, ihn zu nennen.« – Le Mercure, Dienstag, 24. Juni, morgens.

»Eine abscheuliche Gewalttat wurde vorgestern in der Nähe der Stadt verübt. Ein Herr, in Begleitung von Frau und Tochter, ließ sich in der Dämmerung von sechs jungen Leuten, die auf der Seine ziellos umherruderten, in ihrem Boote übersetzen. Am anderen Ufer angekommen, stiegen die drei Passagiere aus und waren dem Boot bereits außer Sicht, als die Tochter gewahr wurde, dass sie ihren Sonnenschirm darin zurückgelassen. Sie kehrte um, ihn zu holen, wurde von der Bande ergriffen, in den Strom hinausgeschleppt, geknebelt, vergewaltigt und schließlich nicht weit von der Stelle, wo sie mit ihren Eltern das Boot bestiegen, an Land gesetzt. Die Schurken sind entkommen, aber die Polizei ist auf ihrer Spur, und mehrere werden bald gefasst sein.« – Morgenzeitung, 25. Juni.

»Wir haben einige Zuschriften erhalten, die das jüngst begangene Verbrechen einem gewissen Mennais zur Last legen. Da dieser Herr aber bei näherer Untersuchung seine

Unschuld nachweisen konnte und da die Beweisführungen jener verschiedenen Korrespondenten mehr Übereifer als Scharfsinn zeigen, halten wir es nicht für ratsam, sie zu veröffentlichen.« – Morgenzeitung, 28. Juni.

»Es sind uns von anscheinend verschiedenen Seiten mehrere Zuschriften zugegangen, die in bestimmtestem Ton behaupten, die unglückliche Marie Rogêt sei das Opfer einer der zahlreichen Banden von Herumstreichern geworden, die des Sonntags die Umgebung der Stadt unsicher machen. Dies stimmt mit unserer eigenen Meinung vollkommen überein. Wir werden versuchen, demnächst für einige dieser Beweisführungen hier Raum zu finden.« – Abendzeitung, Montag, 30. Juni.

»Am Sonntag sah einer der beim Zolldienst beschäftigten Bootsknechte ein leeres Boot auf der Seine treiben. Die Segel lagen auf dem Boden des Bootes. Der Knecht vertäute es unterhalb des Zollgebäudes. Am anderen Morgen war es von dort wieder verschwunden, ohne dass einer der Beamten darüber Rechenschaft zu geben wusste. Das Steuerruder liegt im Zollgebäude.« – Le Diligence, Donnerstag, 26. Juni.

Als ich diese verschiedenen Auszüge las, schienen sie mir nicht nur nebensächlich, sondern ich konnte auch nicht einsehen, wie sie zu der vorliegenden Sache in Beziehung zu bringen sein sollten. Ich erwartete Dupins Erklärungen.

»Es ist vorläufig nicht meine Absicht«, sagte er, »bei dem ersten und zweiten dieser Auszüge zu verweilen. Ich habe sie hauptsächlich deshalb herausgeschrieben, um Ihnen die geradezu verblüffende Nachlässigkeit der Polizei zu zeigen, die, soweit ich den Präfekt richtig verstanden habe, sich überhaupt nicht mit einem Verhör des betreffenden Marine-Offiziers befasst hat. Dennoch ist es wirklich Torheit anzunehmen, dass zwischen dem ersten und zweiten Verschwinden Maries keine Möglichkeit eines Zusammenhangs bestehe. Nehmen wir an, das erstmalige Entweichen des Mädchens habe mit einem Streit zwischen den Liebenden und der Rückkehr der Enttäuschten geendet. Nun sind wir vorbereitet, ein zweites Entweichen (falls wir wissen, dass ein Entweichen stattgefunden) eher als die Folge eines Wiederanknüpfungsversuchs des ersten Verführers anzusehen, als dass wir etwa neue Anträge einer zweiten Person annehmen – wir glauben eher an ein Wiederanspinnen des alten Liebesverhältnisses als an den Beginn eines neuen. Die Wahrscheinlichkeit ist wie zehn zu eins, dass eher der, der schon einmal mit Marie entflohen war, sie zum zweiten Mal zur Flucht auffordern würde, als dass ihr, der schon einmal jemand einen derartigen Antrag gemacht, nun wieder ein anderer denselben Vorschlag machen sollte. Und hier lassen Sie mich Ihre Aufmerksamkeit darauf hinweisen, dass die Zeit zwischen dem ersten festgestellten und dem zweiten vermuteten Fluchtversuch gerade ein paar Monate mehr ist, als eine Seefahrt unserer Marinesoldaten zu dauern pflegt. Ist der Liebhaber bei seinem ersten Bubenstreich dadurch, dass er zur See musste, gestört worden und hat er den ersten Augenblick der Rückkehr dazu benutzt, die noch nicht ganz erfüllten bösen Absichten oder die von ihm noch nicht ganz erfüllten bösen Absichten nun wahr zu machen? Von alledem wissen wir nichts.

Sie werden nun aber sagen, beim zweiten Fall handle es sich um keine Entführung. Gewiss nicht – doch können wir mit Bestimmtheit die vereitelte Absicht dazu verneinen? Außer St. Eustache und vielleicht Beauvais sehen wir keine anerkannten, keine ernsthaften Verehrer Maries. Von keinem anderen wird je gesprochen. Wer ist denn da der geheimnisvolle Liebhaber, von dem die Verwandten und Bekannten (wenigstens die meisten von ihnen) nichts wissen, doch mit dem Marie am Sonntagmorgen zusammentrifft und der so sehr ihr Vertrauen genießt, dass sie keine Bedenken trägt, mit ihm in den einsamen Gehölzen an der Barrière du Roule zu verweilen, bis die Abenddämmerung sinkt? Wer ist dieser geheimnisvolle Liebhaber, frage ich, von dem wenigstens die meisten Bekannten nichts wissen? Und was bedeutet die seltsame Prophezeiung Madame Rogêts am Morgen von Maries Fortgang: ›Ich fürchte, ich werde Marie nie wiedersehen.‹?

Doch wenn wir uns auch nicht vorstellen, dass Madame Rogêt von dem Entführungsplan gewusst habe, können wir nicht wenigstens bei dem Mädchen dieses Wissen vermuten? Als sie das Haus verließ, gab sie zu verstehen, dass sie ihre Tante in der Rue des Drômes besuchen wolle, und St. Eustache wurde ersucht, sie bei Dunkelwerden abzuholen. Diese Tatsache spricht allerdings auf den ersten Blick gegen meine Vermutung, doch lassen Sie uns nachdenken. Dass sie wirklich mit einem Begleiter zusammentraf und mit ihm über den Fluss setzte und erst um drei Uhr nachmittags an der Barrière du Roule ankam, ist bekannt. Als sie aber zustimmte, den Betreffenden zu begleiten (ganz gleich, aus welchem Grunde und ob ihre Mutter davon wusste oder nicht), musste sie sich erinnern, welche Absicht sie beim Verlassen des Hauses ausgesprochen; sie musste sich das Erstaunen und den Argwohn St. Eustaches, ihres erklärten Bräutigams, denken können, wenn er, zur angegebenen Stunde in der Rue des Drômes vorsprechend, entdecken würde, dass sie gar nicht dagewesen war, und wenn er überdies, mit dieser beunruhigenden Botschaft in die Pension zurückkehrend, gewahr werden würde, dass sie noch immer nicht heimgekommen. Ich sage, sie muss an diese Dinge gedacht haben. Sie muss den Kummer St. Eustaches, den Argwohn aller vorausgesehen haben. Sie kann nicht vorgehabt haben, zurückzukehren und diesem Argwohn standzuhalten; wenn wir aber annehmen, dass sie nicht zurückzukehren beabsichtigte, so sehen wir, dass ihr der Argwohn der anderen gleichgültig sein konnte.

Ihr Gedankengang wird etwa so gewesen sein: ›Ich will mit einer bestimmten Person zusammentreffen, um mit ihr zu entfliehen – oder aus anderen nur mir bekannten Gründen. Es ist nötig, jede Möglichkeit einer Störung fernzuhalten – wir müssen Zeit genug haben, der Verfolgung auszuweichen – ich werde zu verstehen geben, dass ich den Tag bei meiner Tante in der Rue des Drômes verbringen will – ich werde St. Eustache sagen, mich nicht vor Dunkelwerden abzuholen – auf diese Weise wird meine Abwesenheit von Hause für einen möglichst langen Zeitraum erklärt, ohne Verdacht oder Beunruhigung zu wecken, und ich gewinne mehr Zeit, als wenn ich irgend etwas anderes vorgegeben hätte. Wenn ich St. Eustache bitte, mich bei Dunkelwerden abzuholen, wird er bestimmt nicht früher kommen; wenn ich aber ganz unterlasse, ihn dazu aufzufordern, verringert sich meine Zeit zur Flucht, da man meine Rückkehr früher erwarten, mein Fernbleiben also früher Beunruhigung wecken wird. Wenn ich nun überhaupt zurückzukehren beabsichtige – wenn ich nur den einen Tag in Gesellschaft des Betreffenden verbringen wollte –, wäre es unklug von mir, St. Eustache zu bitten, mich abzuholen; denn wenn er es tut, entdeckt er mit Bestimmtheit, dass ich ihn hintergangen habe – was ich ihm vollkommen verbergen könnte, wenn ich fortginge, ohne ein Ziel anzugeben, vor Dunkelwerden zurückkäme und dann angäbe, ich hätte meine Tante in der Rue des Drômes besucht. Da es aber meine Absicht ist, nie zurückzukehren – oder wenigstens für mehrere Wochen nicht – oder nicht, ehe gewisse Dinge geschehen sind –, ist das einzige, um was ich mich jetzt zu kümmern brauche, Zeit zu gewinnen.‹

Sie haben aus Ihren Notizen ersehen, dass die allgemeine Auffassung in dieser traurigen Angelegenheit von Anfang an dahin geht, das Mädchen sei ein Opfer von Herumstreichern geworden. Nun ist die Volksmeinung in gewisser Beziehung keineswegs zu missachten. Wenn sie aus sich selbst entsteht – sich in spontaner Weise äußert –, sollten wir sie wie eine Intuition einschätzen. In neunundneunzig von hundert Fällen würde ich für ihr sicheres Urteil eintreten.

Aber es ist auffallend, dass wir hier keine Art Eingebung bemerken. So eine Ansicht muss durchaus im Volke selbst entstanden, seine eigenste Meinung sein; und der Unterschied ist oft äußerst schwer zu sehen und festzuhalten.

Im vorliegenden Falle scheint es mir, als sei die ›öffentliche Meinung‹ bezüglich einer Bande von Herumstreichern sehr beeinflusst durch den gleichzeitigen Vorfall, der in der dritten meiner Notizen dargelegt wird. Ganz Paris ist in Aufregung über die gefundene Leiche der Marie, eines jungen, schönen und vielgekannten Mädchens. Diese Leiche wird mit schweren Verletzungen im Strome aufgefischt. Nun ist aber bekanntgeworden, dass zur selben Zeit, in der die Ermordung des Mädchens angenommen wird, eine ähnliche, wenn auch weniger grausame Untat, wie man sie an diesem jungen Mädchen festgestellt, von einer Bande Herumstreicher an einem anderen jungen Mädchen verübt worden ist. Ist es verwunderlich, dass die eine bekanntgewordene Schändlichkeit das öffentliche Urteil über die andere beeinflusst hat? Man brauchte für dies Urteil eine Richtung, und die eine Tat schien sie auch für die andere anzugeben! Marie war im Fluss gefunden worden, und auf diesem selben Fluss war die andere Untat begangen worden. Die beiden Ereignisse miteinander in Beziehung zu bringen, war so naheliegend, dass es ein Wunder gewesen wäre, wenn das Volk dies unterlassen hätte.

In der Tat aber ist – wenn irgend etwas – gerade die eine begangene Tat ein Beweis, dass der sich fast zu gleicher Zeit abspielende zweite Fall nicht so verlaufen ist. Es wäre doch wirklich mehr als seltsam, wenn zur selben Zeit in derselben Stadt und an demselben Ort, da eine Bande Rohlinge eine unerhörte Schandtat verübte, unter denselben Umständen eine andere Bande ganz das gleiche getan haben sollte! Dies Wundersame aber ist es, was die Volksmeinung uns glauben machen will.

Ehe wir weiter urteilen, wollen wir die angebliche Mordstelle im Gehölz an der Barrière du Roule betrachten. Dieses Dickicht war ganz nahe an einer öffentlichen Straße. Es befanden sich dort drei oder vier große Steine, die eine Art Sitz mit Lehne und Fußbank bildeten. Auf dem oberen Stein lag ein weißer Unterrock, auf dem zweiten eine seidene Schärpe. Auch ein Sonnenschirm, Handschuhe und ein Taschentuch wurden hier gefunden. Das Taschentuch trug den Namen ›Marie Rogêt‹. An den benachbarten Büschen hingen Kleiderfetzen. Die Erde war zerstampft, die Zweige waren geknickt, und alles deutete auf einen stattgehabten Kampf.

Ungeachtet der Einmütigkeit, mit der die Presse dieses Dickicht als den Mordplatz ansah, muss gesagt werden, dass die Sache doch anzuzweifeln war. Ich mag nun glauben oder nicht glauben, dass dies der Platz war – jedenfalls gab es hervorragenden Grund zu zweifeln. Wäre, wie ›Le Commercial‹ annahm, die wahre Mordstelle in der Nähe der Rue Pavée Sainte Andrée gewesen, so hätte es die Verbrecher, falls sie noch in Paris weilten, erschrecken müssen, die öffentliche Aufmerksamkeit so ganz auf den richtigen Weg gebracht zu sehen, und in bestimmten Seelen wäre sofort der Gedanke an die Notwendigkeit aufgestiegen, diese Aufmerksamkeit abzulenken. Und da das Dickicht an der Barrière du Roule schon in Verdacht gezogen war, mag man leicht darauf verfallen sein, die Dinge dahinzulegen, wo sie dann gefunden worden sind. Obgleich ›Le Soleil‹ annimmt, die Sachen hätten wochenlang dagelegen, so ist doch kein wirklicher Beweis dafür vorhanden, dass es mehr als einige Tage waren; wohingegen es sehr wahrscheinlich ist, dass sie nicht die zwanzig Tage zwischen dem betreffenden Sonntag und dem Nachmittag, als die Knaben sie fanden, dagelegen haben konnten, ohne gesehen zu werden. ›Sie waren sämtlich vom Regen durchfeuchtet und modrig geworden und klebten zusammen vor Moder‹, sagt ›Le Soleil‹. ›Das eine oder andere war hoch von Gras überwachsen. Die Seide des

Sonnenschirms war kräftig, aber so verwittert und modrig, dass sie beim Öffnen des Schirms zerfiel.‹ Was nun das Gras anlangt, von dem sie ›überwachsen‹ waren, so wissen wir, dass man diese Tatsache nur den Worten und also dem Gedächtnis zweier kleiner Knaben entnahm; denn diese Knaben nahmen die Sachen fort und trugen sie heim, ehe sie von dritter Seite gesehen worden waren. Aber Gras wächst sehr rasch, und besonders bei warmem und feuchtem Wetter (wie es zur Mordzeit herrschte) kann es in einem einzigen Tage zwei bis drei Zoll wachsen. Ein Sonnenschirm, der auf einem kurzgeschorenen Rasen liegt, kann in einer einzigen Woche durch das aufschießende Gras den Blicken entzogen sein. Der Moder aber, von dem ›Le Soleil‹ so überzeugt ist, dass er das Wort in dem kurzen Absatz nicht weniger als dreimal gebraucht – weiß das Blatt wirklich nicht, was dieser Moder ist? Muss ihm gesagt werden, dass er zu einer jener zahlreichen Pilzarten gehört, deren Hauptmerkmal das Aufschießen und Vergehen innerhalb vierundzwanzig Stunden ist?

So sehen wir also mit einem Blick alles, was triumphierend zur Bekräftigung der Mutmaßung, dass die Sachen wenigstens drei oder vier Wochen dagelegen hätten, angeführt wurde, vollständig null und nichtig werden, sobald man den Tatsachen nachgeht. Andrerseits ist es ungeheuer schwer zu glauben, dass die Sachen länger als eine Woche – länger als von einem Sonntag zum anderen – dort gelegen haben sollten.

Wer die Umgebung von Paris kennt, weiß, wie außerordentlich schwer es ist, dort Einsamkeit zu finden. So etwas wie ein unentdecktes oder auch nur selten besuchtes Plätzchen inmitten der Wälder und Haine ist überhaupt nicht anzunehmen. Lassen Sie irgendeinen Naturschwärmer, den die Pflicht an Staub und Hitze der Großstadt fesselt – lassen Sie ihn selbst wochentags versuchen, seinen Durst nach Einsamkeit in der lieblichen Natur, die uns so nahe umgibt, zu stillen – auf Schritt und Tritt wird er den Zauber durch die Stimme und das Erscheinen eines Vagabunden oder einer Rotte betrunkener Strolche gestört finden. Im dichtesten Buschwerk wird er vergeblich Alleinsein suchen. Hier eben sind die Orte, zu denen sich die schlechten Elemente hingezogen fühlen – hier sind ihre verrufenen Tempel.

Mit Leid im Herzen wird der Wanderer ins sündige Paris zurückfliehen, als zu dem weniger schlimmen, weil weniger naturwidrigen Pfuhl der Verderbnis. Wenn aber die Umgebung der Stadt an Werktagen so bevölkert ist, wieviel mehr an Feiertagen! Denn nun, befreit von den Forderungen der Arbeit, oder der werktäglichen Gelegenheiten zum Verbrechen beraubt, sucht der Strolch die nahen Wälder auf – nicht aus Liebe zum Landleben, das er in seinem Herzen verachtet, sondern um beengenden Schranken zu entfliehen. Es verlangt ihn weniger nach frischer Luft und grünen Bäumen als nach der völligen Freiheit dort draußen. Hier, im Wirtshaus an der Landstraße oder unterm Blätterdach, gibt er sich, verborgen vor allen unliebsamen Blicken, in Gesellschaft seiner Genossen einer künstlich geschaffenen Heiterkeit hin – den vereinten Folgen der Ungebundenheit und des Branntweins. Ich sage nicht mehr, als was jedem objektiven Beobachter einleuchten muss, wenn ich wiederhole: die Tatsache, dass die fraglichen Dinge länger als von einem Sonntag zum anderen in irgendeinem Dickicht der nächsten Umgebung von Paris gelegen haben sollten, wäre mehr als ein Wunder.

Aber wir bedürfen keiner weiteren Gründe für die Vermutung, dass die Gegenstände in der Absicht im Dickicht niedergelegt wurden, die Aufmerksamkeit von der wahren Mordstätte abzulenken. Lassen Sie mich zuerst auf das Datum der Auffindung der Dinge hinweisen. Vergleichen Sie dasselbe mit jenem des fünften Auszugs, den ich aus den Zeitungen gemacht. Sie werden finden, dass die Entdeckung fast sofort nach den der Abendzeitung zugegangenen

Hinweisen erfolgte. Diese Zuschriften, die aus verschiedenen Quellen stammen sollten, liefen alle in einen Punkt zusammen – in den Hinweis, dass eine Herumstreicherbande die Tat verübt und dass die Gegend der Barrière du Roule der Tatort sei. Nun ist der Verdacht hier natürlich nicht der, dass die Sachen als Folge dieser Mitteilungen oder der von ihnen beeinflussten öffentlichen Meinung von den Knaben gefunden worden seien; doch der Verdacht liegt nahe, dass die Sachen nicht früher von den Knaben gefunden wurden, weil sie eben früher nicht in dem Dickicht gelegen haben, sondern erst am Tage der betreffenden Mitteilungen oder kurz vor diesem Tage von den Verfassern der Zuschriften selbst hingelegt worden waren.

Dieses Dickicht war von besonderer Art. Es war ungewöhnlich dicht. Hinter seinen grünen Wällen befanden sich drei seltsame Steine, die eine Art Sitz mit Lehne und Fußbank bildeten. Und dieses so anmutige Plätzchen lag in der nächsten Nähe – nur wenige Ruten entfernt – von der Behausung der Madame Deluc, deren Knaben die umliegenden Gebüsche nach der Rinde des Sassafras zu durchstöbern pflegten. Wäre es übereilt, eine Wette einzugehen, dass nie ein Tag verging, ohne dass wenigstens einer der Jungens auf dem natürlichen Thron in der schattigen Laube gesessen? Wer zögern würde, diese Wette anzunehmen, ist entweder selbst nie ein Junge gewesen, oder er hat die kindliche Natur vergessen. Ich wiederhole: es ist kaum zu begreifen, dass die Sachen mehr als ein oder zwei Tage unentdeckt in jenem Dickicht gelegen haben sollten, und daher haben wir trotz der Unwissenheit des ›Soleil‹ allen Grund, anzunehmen, dass sie an einem verhältnismäßig späten Datum an der Fundstelle niedergelegt wurden.

Doch es gibt noch andere und triftigere Gründe für diese Annahme, als ich bisher vorgebracht habe. Lassen Sie mich auf die so überaus auffällige Anordnung der Gegenstände hinweisen. Auf dem oberen Steine lag ein weißer Unterrock;

auf dem zweiten eine seidene Schärpe; rundum verstreut lagen ein Sonnenschirm, Handschuhe und ein Taschentuch mit dem Namen ›Marie Rogêt‹. Hier haben wir so recht eine Anordnung, wie sie einer vorgenommen haben würde, der den Anschein erwecken wollte, dass die Sachen seit dem Morde dagelegen hätten. Mir schiene es natürlicher, wenn die Sachen alle am Boden gelegen und zertrampelt gewesen wären. Bei dem engen Raum in jenem Buschwerk wäre es kaum möglich gewesen, dass Unterrock und Schärpe während des Hin und Her mehrerer miteinander ringender Menschen auf den Steinen liegen geblieben wären. ›Alle Anzeichen‹ so heißt es, ›deuteten auf einen stattgehabten Kampf, die Erde war zerstampft, die Zweige waren geknickt‹ – aber Unterrock und Schärpe werden gefunden, als hätten sie weit aus dem Bereich des Kampfes gelegen. ›Die an den Büschen hängenden Kleiderfetzen hatten eine Größe von drei zu sechs Zoll. Ein Fetzen war der Saum des Kleides und war geflickt; ein anderer war ein Stück vom Unterrock, aber nicht der Saum. Sie glichen abgerissenen Streifen.‹ Hier hat ›Le Soleil‹ unbeabsichtigt eine sehr verdächtige Wendung gebraucht. Die beschriebenen Stücke gleichen in der Tat abgerissenen Streifen – aber absichtlich und mit der Hand abgerissen. Es ist einer der seltensten Zufälle, dass von irgendeinem der genannten Kleidungsstücke ein Fetzen durch einen Dorn herausgerissen wird. Bei der Art solcher Stoffe aber wird ein Dorn oder Nagel, der sich in sie verfängt, sie rechtwinklig auseinanderreißen – in zwei längliche Risse, die da, wo der Dorn eingedrungen, zusammentreffen – aber es ist kaum je möglich, das Stück ›herausgerissen‹ zu sehen. Weder Sie noch ich haben das je erlebt. Um aus solchen Stoffen ein Stück herauszureißen, bedarf es wohl immer zweier verschiedener Kräfte, die in zwei verschiedenen Richtungen tätig sind. Wenn der Stoff zwei Enden hat – wenn es zum Beispiel ein Taschentuch wäre, von dem man einen Fetzen abzureißen wünschte –, dann und nur dann würde die eine Kraft genügen. Doch im vorliegenden Falle handelt es sich um ein Kleid, das nur einen Rand hat. Nur ein Wunder konnte bewirken, dass Dornen aus den inneren Stoffteilen, wo kein Rand sich bietet, einen Fetzen herauszureißen imstande wären – und ein einzelner Dorn würde es nie fertig bringen. Doch selbst wo ein Rand vorhanden ist, bedarf es zweier Dornen, von denen der eine in zwei verschiedenen und der andere in einer Richtung arbeitet – und das unter der Voraussetzung, dass der Rand eingesäumt ist. Ist ein Saum vorhanden, so ist es beinahe ein Unding. Wir sehen also die zahlreichen und großen Hindernisse, die dem ›Herausreißen‹ von Fetzen durch ›Dornen‹ im Wege stehen; dennoch sollen wir glauben, dass nicht nur ein Stück, sondern viele so herausgerissen worden. Und eins der Stücke war dazu der Saum! Ein anderes war aus dem Unterrock, nicht der Saum – war also aus dem inneren Stoffteil mittels Dornen vollständig herausgerissen!

Dies, sage ich, sind Dinge, denen mit Unglauben zu begegnen verzeihlich ist. Dennoch bilden sie zusammengenommen vielleicht weniger Gründe zum Argwohn, als der eine verblüffende Umstand, dass die Dinge von Mördern, die vorsichtig genug waren, die Leiche fortzuschaffen, in diesem Dickicht zurückgelassen sein sollten. Sie hätten mich aber falsch verstanden, wenn Sie meinen, ich beabsichtigte nachzuweisen, dass das Dickicht als Tatort nicht in Frage komme. Das Unrecht mag hier oder wahrscheinlicher bei Madame Deluc geschehen sein. Doch das ist im Grunde ein nebensächlicher Punkt. Wir machen nicht den Versuch, den Tatort zu entdecken, sondern die Täter. Was ich anführte, geschah, ungeachtet der peinlichen Sorgfalt, mit der es geschah, erstens, um die Albernheit der positiven und überstürzten Behauptungen des ›Soleil‹ nachzuweisen; zweitens aber und hauptsächlich, um auf allernatürlichstem Wege Zweifel in Ihnen zu wecken, dass dieser Mord das Werk einer Bande von Strolchen gewesen ist.

Wir wollen diese Frage beantworten, indem wir uns der empörenden Einzelheiten erinnern, die der mit der Untersuchung betraute Wundarzt feststellte. Es braucht nur gesagt zu werden, dass seine veröffentlichten Schlussfolgerungen hinsichtlich der Zahl der Strolche als ungerechtfertigt und unbegründet ehrlich verlacht worden sind – und zwar von den angesehensten Anatomen von Paris. Nicht, dass die Sache nicht so gewesen sein dürfte wie er gefolgert, sondern dass überhaupt kein Grund vorhanden war, so zu folgern – war das nicht Grund genug zu einer anderen Vermutung?

Prüfen wir nun die ›Spuren eines Kampfes‹, und lassen Sie mich fragen, was diese Spuren beweisen sollten. Eine Bande Strolche! Aber beweisen sie nicht gerade das Gegenteil? Welch ein Kampf konnte stattgefunden haben – ein Kampf, so heftig und langdauernd, dass er nach allen Seiten Spuren hinterließ – zwischen einem schwachen und wehrlosen Mädchen und einer Bande Strolche? Ein paar kräftige Arme zum Zupacken – und alles wäre erledigt gewesen! Das Opfer wäre ihrem Willen vollständig unterworfen gewesen. Sie müssen im Auge behalten, dass die gegen das Dickicht als Tatort vorgebrachten Argumente nur dann stichhaltig sind, wenn es sich um mehr als einen Täter handeln sollte. Wenn wir nur einen Mörder annehmen, so können wir begreifen, dass ein Kampf stattgefunden hat, heftig genug, um sichtbare Spuren zu hinterlassen.

Und noch einmal! Ich erwähnte schon, dass diese Vermutung vor allem durch die Tatsache erweckt wird, dass die fraglichen Gegenstände im Dickicht belassen wurden. Es scheint geradezu ausgeschlossen, dass diese Schuldbeweise zufällig am Fundort liegengeblieben seien. Es war (so scheint es) Geistesgegenwart genug vorhanden, die Leiche fortzuschaffen; und da sollte man einen weit überzeugenderen Beweis als die Leiche selbst (deren Züge infolge Verwesung schnell unkenntlich geworden wären) offen am

Mordplatz liegen lassen? Ich meine das Taschentuch der Verstorbenen. Wenn das ein Zufall war, so konnte dieser Zufall unmöglich bei einer ganzen Bande von Mordbuben vorgekommen sein. Wir können ein solches Versehen nur einem einzelnen zutrauen. Lassen Sie sehen! Ein einzelner hat den Mord begangen. Er ist allein mit dem Geist der Abgeschiedenen. Er ist entsetzt über den regungslosen Körper da vor ihm. Die Raserei der Leidenschaft ist vorbei, und sein Herz hat Raum genug für die natürliche Folge der Tat – für das Entsetzen. Ihm fehlt die Zuversicht, die die Gegenwart anderer dem einzelnen verleiht. Er ist allein mit der Toten. Er zittert und ist fassungslos. Dennoch ist es nötig, sich der Leiche zu entledigen. Er trägt sie zum Fluss, lässt aber die anderen Schuldbeweise hinter sich; denn es ist schwer, wenn nicht unmöglich, die ganze Last auf einmal zu tragen, und es wird leicht sein, wiederzukommen und das Zurückgelassene zu holen. Doch während seiner mühsamen Wanderung zum Wasser verdoppeln sich seine Ängste. Nachtgeräusche umtönen seinen Weg. Ein dutzendmal hört er den Schritt eines Spähers – glaubt ihn zu hören. Selbst die Lichter der Stadt erschrecken ihn. Endlich aber und nach langen und häufigen Pausen halber Ohnmacht erreicht er das Ufer des Flusses und entledigt sich seiner gespenstischen Last – vielleicht mit Hilfe eines Bootes. Doch nun – welchen Schatz böte die Welt – welche Rachedrohung könnte sie haben, die Macht hätte, den einsamen Mörder zu bewegen, auf jenem qualvollen und gefährlichen Pfad nach dem Dickicht und seinen grauenhaften Gegenständen zurückzukehren? Er geht nicht zurück, mögen die Folgen sein, welche sie wollen. Sein einziger Gedanke ist sofortige Flucht. Er wendet jenem furchtbaren Buschwerk für immer den Rücken und enteilt wie von Furien gejagt.

Doch wie nun eine ganze Bande? Ihre Zahl würde sie mit Zuversicht erfüllt haben, wenn überhaupt je in der Brust des Strolches an Zuversicht Mangel wäre. Ihre Zahl, sage ich, würde den verwirrenden und lähmenden Schrecken, der den einzelnen befallen, gar nicht haben aufkommen lassen. Könnten wir uns bei einem oder zweien oder dreien ein zufälliges Versehen denken – ein vierter würde es wieder gutgemacht haben! Sie würden nichts hinter sich gelassen haben; denn ihre Zahl hätte es ihnen ermöglicht, alles auf einmal zu tragen. Sie hätten nicht nötig gehabt, zurückzukehren.

Bedenken Sie ferner den Umstand, dass ›aus dem Oberkleid ein Streifen von etwa einem Fuß Breite vom unteren Saum bis zur Taille auf –, aber nicht abgerissen war. Er war dreimal um die Hüften geschlungen und im Rücken zu einer Art Henkel verknotet‹. Dies war in der offenbaren Absicht geschehen, einen Handgriff zu schaffen, an dem die Leiche sich tragen ließe. Doch würden mehrere Männer auf den Einfall gekommen sein, sich solch ein Hilfsmittel zu schaffen? Dreien oder vieren hätten die Arme und Beine der Leiche nicht nur einen genügenden, sondern den allerbesten Halt geboten. Der Einfall kann nur einem einzelnen gekommen sein, und dies führt uns auf die Erscheinung, dass ›zwischen Dickicht und Fluss die Hecken umgebrochen waren und der Boden zeigte, dass hier eine schwere Last entlanggeschleppt worden war‹. Aber würden mehrere Männer sich die überflüssige Mühe gemacht haben, eine Hecke umzubrechen, um eine Leiche hindurchzuzerren, die sie mit Leichtigkeit über jede Hecke hätten hinüberheben können? Würden mehrere Männer eine Leiche überhaupt so geschleift haben, dass davon deutlich sichtbare Beweise zurückgeblieben?

Und hier müssen wir uns einer Bemerkung des ›Commercial‹ zuwenden, über die ich bereits in etwa mein Urteil abgegeben. ›Aus dem Unterrock der Unglücklichen‹, heißt es da, ›war ein zwei Fuß langes und ein Fuß breites Stück herausgerissen und ihr um Kopf und Kinn gebunden, vermutlich um sie am Schreien zu verhindern. Das müssen Leute getan haben, die nicht im Besitze von Taschentüchern waren.‹

Ich sprach schon vorhin die Vermutung aus, dass ein echter Herumtreiber nie ohne Taschentuch sei. Doch nicht auf diese Tatsache will ich jetzt besonders hinweisen. Dass es nicht der Mangel eines Taschentuchs war, weshalb dieses Band geknüpft worden, ist durch das im Dickicht gelassene Taschentuch ersichtlich; und dass das Band auch nicht geknüpft worden, ›um sie am Schreien zu verhindern‹, zeigt sich auch eben daran, dass es dem dazu so viel besser geeigneten Taschentuch vorgezogen worden. Aber die Beweisaufnahme sagt von jenem Streifen: ›Er lag lose um den Hals und war mit festem Knoten geschlossen.‹ Diese Worte sind unklar genug, weichen aber von denen des ›Commercial‹ einigermaßen ab. Der Streifen war achtzehn Zoll breit und musste darum, obgleich von Musselin, der Länge nach zusammengefaltet eine kräftige Fessel bilden. Und so gefaltet wurde er gefunden.

Meine Folgerung ist so: nachdem der einsame Mörder die Leiche eine Strecke lang an dem um die Taille angebrachten Henkelband getragen hatte (sei es nun vom Dickicht oder von sonstwoher), schien ihm der Transport der Last auf diese Weise zu schwer. Er beschloss, sie zu schleifen – die Beweise zeigen, dass er das getan hat. Da er also diese Absicht hatte, war es notwendig, so etwas wie einen Strick an einem der Glieder zu befestigen. Am besten ließ sich dergleichen am Halse anbringen, wo der Kopf ein Abrutschen verhindern würde. Und nun fiel dem Mörder ohne Frage das Band um die Hüften ein. Er würde dieses genommen haben, wäre es nicht so fest um den Leib geschlungen gewesen, auch war der Henkel daran hinderlich und ferner die Tatsache, dass dieser Streifen ja nicht ›abgerissen‹ war, sondern noch im Kleide festsaß. Es war einfacher, einen neuen Streifen aus dem Unterrock zu reißen. Das tat er, befestigte ihn um den Hals und schleifte so sein Opfer zum Flussufer. Dass diese Schlinge, die nur mit Mühe und Zeitverlust zu erlangen gewesen und wenig zweckentsprechend war – dass diese Schlinge überhaupt gebraucht wurde, beweist, dass die Umstände, die ihre Anwendung notwendig machten, erst eintraten, als das Taschentuch nicht mehr erreichbar war, das heißt, eintraten, nachdem das Dickicht (falls es das Dickicht war) bereits verlassen worden – also auf dem Weg zwischen Dickicht und Fluss.

Aber, werden Sie sagen, das Zeugnis Madame Delucs weist ausdrücklich auf die Anwesenheit einer Bande von Strolchen in der Gegend des Dickichts und zur ungefähren Mordzeit hin. Das gebe ich zu. Es soll mich wundern, wenn nicht in der Gegend der Barrière du Roule und zu jener Zeit ein Dutzend Banden, wie Madame Deluc sie beschrieben, sich herumgetrieben haben sollten. Aber die Bande, die sich die Ungnade Madame Delucs zugezogen, ist laut der verspäteten und zweifelhaften Aussage der alten Dame die einzige, die ihren Kuchen gegessen und ihren Schnaps getrunken, ohne dafür zu bezahlen. Et hinc illae irae?

Doch was besagt die bestimmte Aussage der Madame Deluc? Eine Bande übler Subjekte erschien bei ihr, benahm sich frech, aß und trank, ohne zu zahlen, ging in der Richtung davon, die vorher das Pärchen eingeschlagen, kam zur Dämmerzeit zurück und setzte in großer Eile über den Fluss.

Nun erschien dieser Rückzug Madame Deluc sicher eiliger, als er in Wirklichkeit war, eilig, weil sie noch immer auf Bezahlung gehofft hatte. Wie hätte sie sonst etwas an der Eile der Leute finden können, da es doch zur Dämmerzeit war! Es ist doch wahrlich nichts Verwunderliches, dass selbst Herumtreiber Eile haben, heimzukommen, wenn ein breiter Fluss in kleinen Booten überquert werden muss, wenn ein Sturm heraufzieht und wenn die Nacht naht.

Ich sage naht; denn noch war sie nicht da. Es war erst Dämmerzeit, als die unhöfliche Eile der ›Bösewichter‹ die gute Madame Deluc beleidigte. Aber uns wurde gesagt, dass Madame Deluc und ihr ältester Sohn an demselben Abend ›in der Nähe des Gasthofs eine Frauenstimme schreien hörten‹. Und mit welchen Worten bezeichnet Madame Deluc die Abendzeit, zu der diese Schreie vernommen worden? Es war ›bald nach Dunkelwerden‹, sagte sie. Aber bald nach Dunkelwerden ist zum mindesten dunkel, und ›zur Dämmerzeit‹ ist bestimmt noch bei Tageslicht. Es ist also vollkommen klar, dass die Bande die Barrière du Roule verlassen hatte, ehe Madame Deluc jene Schreie vernahm. Und obgleich bei den zahlreichen Wiedergaben der Zeugenberichte die von den Zeugen gebrauchten Ausdrücke deutlich und unverändert angewendet wurden, genau wie ich sie in diesem Gespräch mit Ihnen angewendet habe, ist doch weder von den öffentlichen Blättern noch von der Polizei der Unterschied in den beiden Ausdrücken der Zeugin festgestellt worden.

Ich will den gegen eine größere Bande angeführten Gründen nur noch einen hinzufügen, dieser eine aber fällt, wenigstens für meine Begriffe, entscheidend ins Gewicht. Unter den vorliegenden Umständen einer ungeheuer großen Belohnung und völliger Straffreiheit kann keinen Moment angenommen werden, dass ein Mitglied einer Bande gemeiner Strolche überhaupt seine Schuldgenossen nicht verraten haben sollte. Jeder einzelne solch einer Bande ist weniger auf die Belohnung oder die Straffreiheit versessen, als ängstlich, verraten zu werden. Er verrät schnell und ohne Besinnen, damit er selbst nicht verraten werde. Dass das Geheimnis nicht aufgedeckt worden, ist der allerbeste Beweis dafür, dass es eben wirklich ein Geheimnis ist. Die Schrecken dieser dunklen Tat sind außer Gott nur einem oder zwei lebenden Wesen bekannt.

Lassen Sie uns nun die mageren, doch einwandfreien

Früchte unserer langen Analyse zusammenzählen. Wir sind dahingekommen, entweder einen Unfall unter dem Dache der Madame Deluc oder einen im Dickicht an der Barrière du Roule begangenen Mord anzunehmen – einen Mord, den ein Liebhaber oder wenigstens ein intimer und geheimer Freund der Verstorbenen begangen. Dieser Freund ist von dunkler Hautfarbe. Diese Farbe, der ›Henkel‹ am Tragband und der ›Seemanns-Knoten‹, mit dem die Hutbänder zusammengebunden waren, deuten auf einen Seemann. Sein Verhältnis zu der Verstorbenen, einem verwegenen, aber nicht verworfenen Mädchen, kennzeichnete ihn als über dem gemeinen Matrosen stehend. Hierin bestärken uns die gut und überzeugend geschriebenen Mitteilungen, die den Zeitungen zugegangen sind. Der Umstand jener ersten Entführung legt den Gedanken nahe, diesen Seemann mit jenem von ›Le Mercure‹ erwähnten ›Marine-Offizier‹, der damals das Mädchen zu unrechtem Tun verleitet, zu identifizieren.

Und hierher passt nun sehr gut die auffallende Tatsache, dass jener Mann mit der dunklen Gesichtsfarbe bisher nicht wieder aufgetaucht ist. Ich möchte nochmals bemerken, dass er von dunkler Gesichtsfarbe ist – sie muss schon außergewöhnlich dunkel sein, da sie das einzige Merkmal bildet, das sowohl Valence als Madame Deluc für den Betreffenden anzugeben wissen. Aber warum ist dieser Mann abwesend? Wurde er von der Bande gemordet? Und wenn, wieso waren nur Spuren des Mädchens zu finden? Der Tatort für beide Morde muss natürlich als ein und derselbe angenommen werden. Und wo ist seine Leiche? Die Mörder hätten sich doch wahrscheinlich beider Leichen in gleicher Weise entledigt. Man könnte aber sagen, der Mann lebt und meldet sich nicht, aus Angst, dass ihm der Mord zur Last gelegt werde. Diese Betrachtung könnte ihm jetzt – zu so später Zeit – gekommen sein, nachdem ausgesagt worden, dass man ihn mit Marie gesehen habe, sie hätte aber zur

Zeit der Tat keine Bedeutung gehabt. Der erste Impuls eines Unschuldigen hätte doch sein müssen, die Untat anzuzeigen und zur Feststellung der Mordbuben mitzuwirken. Diese Klugheit hätte ihn gerettet. Er war mit dem Mädchen gesehen worden. Er hatte mit ihr in einem öffentlichen Fährboot den Fluss gekreuzt. Die Denunzierung der Mörder hätte selbst einem Idioten als sicherstes und einziges Mittel erscheinen müssen, sich selbst vom Verdacht zu reinigen. Wir können nicht annehmen, dass er an den Ereignissen jener Sonntagnacht erstens unschuldig sei und zweitens auch von der Greueltat nichts wisse. Dennoch ist nur unter solchen Umständen die Tatsache zu erklären, dass er – falls er am Leben – die Denunzierung der Mörder unterließ.

Und welche Mittel besitzen wir, die Wahrheit zu ergründen? Wir werden sehen, wie diese Mittel während unseres Fortschreitens sich multiplizieren und klarere Gestalt annehmen. Wir müssen die Geschichte der ersten Entführung bis zu Ende verfolgen, müssen das ganze Leben und Treiben des ›Offiziers‹, seine gegenwärtige Tätigkeit, sein Tun und Lassen zur Zeit des Mordes in Erfahrung bringen. Wir müssen die der ›Abendzeitung‹ zugegangenen Zuschriften, sowohl Stil wie Handschrift, sorgfältig miteinander und mit den schon früher der ›Morgenzeitung‹ zugegangenen vergleichen, die so heftig darauf bestanden, dass Mennais der Schuldige sei. Und all dies getan, müssen wir diese sämtlichen Schreiben mit der wohlbekannten Handschrift jenes Offiziers vergleichen. Wir müssen versuchen, aus Madame Deluc und ihren Knaben sowie dem Omnibuskutscher Valence etwas mehr über die äußere Erscheinung und das Benehmen des ›Mannes mit der dunklen Gesichtsfarbe‹ herauszubekommen. Es muss klug gestellten Fragen gelingen, von diesem oder jenem Informationen über diesen speziellen Punkt oder auch über andere zu erhalten – Informationen, von denen die Leute selbst nicht einmal wissen mögen, dass sie sie besitzen. Doch wenden wir uns nun dem Boot zu, das der Bootsknecht am Montagmorgen, am 23. Juni, aufgriff und das, ohne dass die wachthabenden Offiziere etwas bemerkten und ohne Steuerruder kurz vor Auffindung der Leiche vom Zollgebäude wieder verschwunden war. Mit genügender Um- und Vorsicht müssen wir unfehlbar das Boot ausfindig machen; denn nicht nur, dass der Bootsmann, der es aufgriff, es identifizieren kann – wir haben auch das Steuerruder als Beweis. Einer mit einem ruhigen Gewissen hätte wohl kaum das Steuerruder eines Segelbootes so ohne weiteres im Stich gelassen. Und hier lassen Sie mich eine Frage aufwerfen. Über die Auffindung des Bootes wurde nichts bekanntgegeben; es wurde stillschweigend am Zollgebäude angekettet und ebenso heimlich wieder fortgeholt. Wie aber konnte sein Besitzer, ohne Mitteilung erhalten zu haben, schon am Dienstagmorgen wissen, wo am Montag das Boot aufgegriffen worden war, wenn wir nicht annehmen, dass der Betreffende mit der Seine-Schiffahrt Bescheid wusste, dass dauernde persönliche Beziehungen ihm hier die Kenntnis aller lokalen Geschehnisse sofort verschafften?

Als ich davon sprach, wie der einsame Mörder seine Last zum Ufer schleifte, erwähnte ich schon die Möglichkeit, dass er sich ein Boot verschafft habe. Das ist sehr wahrscheinlich der Fall gewesen. Die Leiche durfte den seichten Wassern am Ufer nicht anvertraut werden. Die eigentümlichen Wunden auf Rücken und Schultern des Opfers stammen von den Bodenrippen eines Bootes. Dass die Leiche ohne Belastung gefunden wurde, trägt zu meiner Ansicht bei. Wäre sie vom Ufer aus ins Wasser geworfen worden, so wäre eine Belastung gewiss nicht unterblieben. Wir können uns das Fehlen einer solchen nur so erklären, dass der Mörder es versäumt hatte, sich, ehe er vom Ufer abstieß, mit Ballast zu versehen. Als er die Leiche dem Wasser übergab, wird er zweifellos das Versäumnis bemerkt haben; doch da war nichts mehr zur Hand. Man wollte lieber die Gefahr auf sich nehmen, als noch einmal ans fluchbeladene Ufer zurückkehren. Als er sich seiner unheimlichen Last entledigt hatte, trieb es den Mörder zur Stadt zurück. An dunkler, geeigneter Stelle sprang er an Land. Aber das Boot – würde er es festgelegt haben? Er wird es zu eilig gehabt haben, um sich um so etwas zu kümmern. Und außerdem, hätte er es am Landungsplatz verankert, so hätte er damit selbst Zeugnis gegen sich abgelegt. Sein natürlicher Gedanke musste sein, so weit wie möglich alles von sich zu werfen, was zu seinem Verbrechen in Beziehung stand. Er wird nicht nur eilends vom Landungsplatz entflohen sein, sondern auch das Boot nicht dort zurückgelassen haben; er wird es in den Fluss zurückgestoßen haben. – Weiter. Am Morgen wird der Schurke von unaussprechlichem Entsetzen erfasst, als er das Boot an einem Orte angekettet findet, den er täglich aufzusuchen pflegt – den aufzusuchen vielleicht zu seiner Pflicht gehört. In der folgenden Nacht bringt er das Boot fort – ohne es gewagt zu haben, das Steuerruder einzufordern. Wo ist nun dieses steuerlose Boot? Es wird eine unserer ersten Aufgaben sein, das ausfindig zu machen. Sowie wir eine Spur davon entdecken, beginnt unser Erfolg zu tagen. Dies Boot wird uns mit einer Schnelligkeit, über die sogar wir selbst erstaunen werden, zu ihm führen, der es in jener unheilvollen Sonntagnacht benutzte. Klarer und klarer wird eins sich aus dem anderen ergeben, und der Mörder wird gefunden sein.«

(Aus Gründen, auf die wir nicht näher eingehen wollen, die aber vielen Lesern klar sein werden, haben wir uns die Freiheit genommen, aus dem in unsere Hände gelegten Manuskript hier das fortzulassen, was sich auf die Verfolgung des von Dupin gegebenen Fingerzeiges bezieht. Wir halten es für ratsam, nur kurz zu erwähnen, dass der erwünschte Erfolg erzielt wurde, und dass der Präfekt, wenn auch widerwillig, den Bedingungen seines mit dem Chevalier geschlossenen Vertrages nachkam. Herrn Poes Erzählung schließt mit den hier folgenden Bemerkungen. – Die Redaktion[3]):

Man wird verstehen, dass ich von seltsamem Zusammentreffen spreche und von nichts weiter. Was ich oben über diesen Gegenstand gesagt, muss genügen. In meinem eigenen Herzen lebt kein Glaube an Übernatürliches. Dass Natur und Gott zweierlei ist, wird kein denkender Mensch verneinen. Dass letzterer, der die erstere geschaffen hat, diese nach Wunsch meistern und ändern kann, steht ebenfalls außer Frage. Ich sage »nach Wunsch«, denn es handelt sich hier um den Wunsch und nicht, wie eine unsinnige Logik meinte, um die Macht. Nicht dass die Gottheit ihre Gesetze nicht ändern könnte, sondern wir beleidigen sie, indem wir die Notwendigkeit einer Änderung überhaupt voraussetzen. Von vornherein sind ihre Gesetze so beschaffen, dass sie alle Möglichkeiten, die je im Schoße der Zukunft ruhen konnten, umfassen. Bei Gott ist alles Jetzt.

Ich wiederhole also, dass ich jene Dinge nur als Zusammentreffen erwähne. Und ferner: Man wird aus meinem Bericht ersehen, dass zwischen dem Schicksal der unseligen Mary Cecilia Rogers, soweit man dieses Schicksal kennt, und dem einer gewissen Marie Rogêt bis zu einem bestimmten Punkt eine Parallele besteht, deren wundersame Genauigkeit die Vernunft verwirren könnte. Ich sage, alles dies wird man sehen. Möge man aber nicht einen Augenblick annehmen, dass es meine versteckte Absicht gewesen sei, im weiteren Verlauf dieser Geschichte und in der Wiedergabe der Aufdeckung ihres Geheimnisses diese Parallele zu verlängern oder anzudeuten, dass die in Paris zur Entdeckung des Mörders einer Grisette angewandten Maßnahmen nun in einem ähnlichen Falle ein ähnliches Resultat zeitigen würden.

---

[3] der Zeitschrift, in der die Erzählung ursprünglich veröffentlicht wurde.

Denn hinsichtlich dieser letzteren Annahme sollte man bedenken, dass die unbedeutendste Abweichung in den Einzelheiten der beiden Fälle zu den bedeutsamsten Fehlschlüssen führen könnte, da sie den Lauf der beiden Geschehnisse ganz voneinander treiben würde; gleich wie in der Arithmetik ein an sich unwesentlicher Fehler schließlich durch die Macht der Multiplikation an allen Enden ein Resultat zeitigt, das von der Richtigkeit ungeheuer abweicht. Und was die erstere Annahme anlangt, so müssen wir im Auge behalten, dass gerade die Wahrscheinlichkeitsrechnung, auf die ich hingewiesen, jeden Gedanken an die weitere Ausdehnung der Parallele verbietet: – verbietet mit einer Positivität, die um so strenger ist, als diese Parallele bereits lang und genau verlaufen ist. Dies ist einer jener sonderbaren Sätze, die scheinbar einer höchst unmathematischen Denkweise entspringen, auf die aber gerade nur der Mathematiker einzugehen weiß. Nichts zum Beispiel ist schwerer, als den Durchschnittsleser zu überzeugen, dass man beim Würfelspiel, nachdem einer zweimal hintereinander die Sechs geworfen hat, die höchste Wette darauf eingehen kann, dass derselbe Spieler die Sechs nicht zum drittenmal werfen wird. Der Verstand kann im allgemeinen einen Grund dafür nicht einsehen. Es scheint unmöglich, dass die beiden erledigten Würfe, die schon ganz der Vergangenheit angehören, auf den Wurf Einfluß haben könnten, der noch in der Zukunft liegt. Die Aussichten auf einen Wurf der Sechs scheinen genau dieselben zu sein, wie sie jederzeit gewesen – das heißt, abhängig nur von den verschiedenen anderen Würfen, die mit dem Würfel gemacht werden können. Und dies ist eine Betrachtung, die so einleuchtend ist, dass Versuche, sie zu widerlegen, häufiger einem spöttischen Lächeln als achtungsvoller Aufmerksamkeit begegnen. Den hierin enthaltenen Irrtum – ein großer unheilvoller Irrtum – darzulegen, kann ich innerhalb der mir hier gezogenen Grenzen nicht versuchen, und dem philosophisch Denkenden braucht er nicht dargetan zu werden. Es mag genügen, hier zu sagen, dass er ein Glied einer endlosen Kette von Irrtümern ist, die auf dem Wege der Vernunft entstehen, weil diese den Trieb hat, im Kleinen der Wahrheit nachzuspüren.

Der entwendete Brief

Nil sapientiae odiosus acumine nimio.
   Seneca

Es war in Paris an einem stürmischen Herbstabend des Jahres 18.. Ich saß im dritten Stockwerk des Hauses Nr. 33 der Rue Donot, Faubourg St. Germain, in dem nach hinten gelegenen Bibliothekzimmerchen bei meinem Freunde Auguste Dupin und gab mich dem zweifachen Genuss des Nachdenkens und einer Meerschaumpfeife hin. Seit mindestens einer Stunde hatten wir beide kein Wort gesprochen. Ein zufälliger Beobachter hätte sicherlich geglaubt, wir seien einzig und allein damit beschäftigt, die kräuselnden Rauchwolken zu verfolgen, die in dichten Schwaden das Zimmer füllten. Indessen was mich betraf, so sann ich dem Gesprächsstoff nach, mit dem wir uns zu einer früheren Stunde desselben Abends eifrig befasst hatten; ich meine die Affäre aus der Rue Morgue und den geheimnisvollen Mordfall der Marie Rogêt. Es erschien mir daher als ein wunderbares Zusammentreffen, dass plötzlich unser alter Bekannter Monsieur G., der Polizeipräfekt von Paris, ins Zimmer trat.

Wir begrüßten ihn herzlich; denn wenn wir den Mann auch nicht eben achteten, so war er anderseits doch unterhaltend, und wir hatten ihn seit Jahren nicht gesehen. Wir hatten im Dunkel gesessen, und Dupin erhob sich nun, um die Lampe anzuzünden; er unterließ es jedoch und setzte sich wieder, als G. sagte, er sei gekommen, uns um Rat zu fragen, oder vielmehr die Meinung meines Freundes zu hören in einer Amtsangelegenheit, die ihm schon viel Beschwer gemacht habe.

»Wenn es eine Sache ist, die Nachdenken erfordert«, bemerkte Dupin, indem er mit Anzünden des Dochtes innehielt, »so ist es besser, wir prüfen sie im Dunkeln.«

»Wieder so eine Ihrer sonderbaren Ansichten!«, sagte der Präfekt, der alles ›sonderbar‹ nannte, was über sein Begriffsvermögen hinausging, und sich daher von einer Legion von ›Sonderbarkeiten‹ umgeben sah.

»Sehr wahr«, sagte Dupin, während er seinem Besuch eine Pfeife reichte und einen bequemen Sessel hinschob.

»Und um was für Schwierigkeiten handelt es sich diesmal?«, fragte ich. »Hoffentlich nicht wieder eine Mordgeschichte?«

»O nein; nichts dergleichen. In der Tat – die Sache ist an sich sehr einfach, und ich bezweifle nicht, dass wir ganz gut allein damit fertig werden könnten; aber dann dachte ich, der Fall würde Dupin interessieren, denn er ist höchst sonderbar.«

»Einfach und sonderbar!«, sagte Dupin.

»Nun ja; und doch wieder keins von beiden. Es hat uns alle so verwirrt, dass die Geschichte so einfach ist und man ihr doch nicht beikommen kann.«

»Vielleicht ist es gerade die Einfachheit der Sache, die Sie irreleitet, mein Freund.«

»Was für Unsinn Sie reden!«, erwiderte der Präfekt lachend.

»Vielleicht ist das Geheimnis ein wenig zu klar«, sagte Dupin.

»O Himmel! Welche verrückte Idee!«

»Ein wenig zu durchsichtig.«

»Ha, ha, ha! – Ha, ha, ha! – Ho, ho, ho!«, brüllte unser Besuch aufs höchste belustigt. »O Dupin, Sie werden noch an meinem Tode schuld sein.«

»Was für eine Sache ist es nun aber eigentlich?«, fragte ich.

»Schön, Sie sollen es hören«, erwiderte der Präfekt und tat einen langen, kräftigen und nachdenklichen Zug aus der Pfeife; dann rückte er sich im Stuhl zurecht und begann: »Ich will es Ihnen in kurzen Worten sagen; doch ehe ich anfange, muss ich Sie darauf aufmerksam machen, dass die

Sache tiefstes Geheimnis ist und größte Diskretion verlangt, und dass ich höchstwahrscheinlich meinen Posten verlieren würde, wenn es herauskäme, dass ich sie jemand erzählt habe.«

»Fahren Sie fort«, sagte ich.

»Oder auch nicht«, sagte Dupin.

»Also gut; ich wurde von sehr hoher Stelle benachrichtigt, dass ein Dokument von höchster Wichtigkeit aus den königlichen Gemächern entwendet worden sei. Die Person, die den Diebstahl ausführte, kennt man; das steht fest, denn sie wurde bei der Tat beobachtet. Man weiß ferner, dass sie noch im Besitze des Dokumentes ist.«

»Woher weiß man das?« fragte Dupin.

»Dies ergibt sich aus der Natur des Dokumentes selbst und daraus, dass gewisse Ergebnisse nicht eingetreten sind, die unausbleiblich erfolgen würden, wenn der Dieb das Papier aus den Händen gäbe – das heißt, wenn er es so anwendete, wie es im Grunde beabsichtigen muss.«

»Seien Sie ein bisschen deutlicher«, sagte ich.

»Schön, ich kann so weit gehen, zu sagen, dass das Papier seinem gegenwärtigen Besitzer eine gewisse Macht verleiht, an einer gewissen Stelle, wo diese Macht von ungeheurem Werte ist.«

Der Präfekt liebte es, sich diplomatisch auszudrücken.

»Ich verstehe noch immer nicht ganz«, sagte Dupin.

»Nicht? Also: würde der Inhalt des Dokumentes einer dritten Person, die ich hier ungenannt lassen will, eröffnet, so würde das die Ehre einer sehr hoch stehenden Persönlichkeit in ein schlechtes Licht setzen, und dieser Umstand gibt dem Inhaber des Papiers ein Übergewicht über die erlauchte Person, deren Ruhe und Ehre dadurch gefährdet ist.«

»Aber dieses Übergewicht«, warf ich ein, »würde nur dann bestehen, wenn der Dieb wüßte, dass der Bestohlene von dem Diebe Kenntnis hat. Wer aber könnte wagen –«

»Der Dieb«, sagte G., »ist der Minister D., der alle Dinge wagt, ob sie einem Ehrenmanne nun anstehen oder nicht. Das Vorgehen des Diebes war ebenso sinnreich als kühn. Die hohe Persönlichkeit hatte das fragliche Dokument – einen Brief, frei herausgesagt – bekommen, als sie sich allein im königlichen Boudoir befand. Während sie ihn las, wurde sie plötzlich durch den Eintritt einer anderen hohen Person gestört, der nämlichen, vor der sie gerade diesen Brief geheimzuhalten wünschte. Nach einem hastigen und vergeblichen Versuch, ihn in ein Schubfach zu werfen, war sie genötigt, ihn, offen wie er war, auf einen Tisch zu legen. Indessen lag die Adresse zuoberst, und da der Inhalt also nicht sichtbar war, fiel der Brief nicht weiter auf. So standen die Dinge, als der Minister D. eintrat. Sein Luchsauge erblickt sofort das Papier, erkennt die Handschrift der Adresse, bemerkt die Verwirrung des Adressaten und errät sein Geheimnis. Nach einigen geschäftlichen Unterhandlungen, die er in gewohnter Weise schnell abwickelt, zieht er einen Brief aus der Tasche, der dem in Frage stehenden einigermaßen gleicht, öffnet ihn, tut, als lese er ihn und legt ihn dann dicht neben den anderen nieder. Wieder spricht er etwa fünfzehn Minuten über die öffentlichen Angelegenheiten. Schließlich verabschiedet er sich und nimmt von dem Tisch den Brief, auf den er kein Anrecht hatte. Der rechtmäßige Besitzer sah dies, wagte aber natürlich nicht in Gegenwart jener dritten Person, die dicht an seiner Seite stand, die Sache zu erwähnen. Der Minister entfernte sich, seinen eigenen, ganz unwichtigen Brief auf dem Tisch zurücklassend.«

»Da haben Sie also«, sagte Dupin zu mir, »genau das, was Sie zur Erlangung des Übergewichtes für erforderlich halten: die Kenntnis des Räubers, dass der Beraubte den Räuber kenne.«

»Ja«, entgegnete der Präfekt; »und die derart erlangte Gewalt wird nun schon seit Monaten in gefährlichem Umfange zu politischen Zwecken ausgenützt. Die bestohlene Person erkennt mit jedem Tage mehr die Notwendigkeit, den Brief zurückzuerlangen. Das kann aber natürlich nicht offen geschehen. In ihrer Verzweiflung hat sie schließlich mir die Angelegenheit übertragen.«

»Denn wie hätte sie sich«, sagte Dupin und stieß eine gewaltige Rauchwolke aus, »einen scharfsinnigeren Vermittler wünschen oder auch nur vorstellen können.«

»Sie schmeicheln«, entgegnete der Präfekt, »aber es ist möglich, dass eine solche Ansicht vorlag.«

»Es ist, wie Sie selbst bemerkt haben, klar«, sagte ich, »dass der Brief noch in den Händen des Ministers ist; denn dieser Besitz und nicht etwa irgendeine Anwendung des Briefes ist es, was Macht verleiht. Mit der Ausbeutung des Briefes ist die Macht dahin.«

»Sehr wahr«, sagte G.; »und von dieser Überzeugung ging ich aus. Meine erste Sorge war, das Palais des Ministers gründlich zu durchsuchen. Die Schwierigkeit lag nun darin, dies ohne sein Wissen zu bewerkstelligen. Ich wurde nämlich vor der Gefahr gewarnt, die daraus entstehen würde, wenn er unsere Absicht argwöhnte.«

»Nun«, sagte ich, »Sie sind in solchen Nachforschungen ja durchaus bewandert. Die Pariser Polizei hat dergleichen schon oft vorgenommen.«

»Ja, gewiss; und darum verzweifle ich auch nicht. Überdies boten mir die Lebensgewohnheiten des Ministers einen großen Vorteil. Er ist oft die ganze Nacht nicht zu Hause. Seine Dienerschaft ist keineswegs zahlreich. Ihre Schlafzimmer liegen in ziemlicher Entfernung von den Wohnräumen des Herrn. Die Leute sind übrigens zum großen Teil Neapolitaner und daher leicht betrunken zu machen. Wie Sie wissen, habe ich Schlüssel, mit denen ich jedes Zimmer in Paris öffnen kann. Seit drei Monaten ist kaum eine Nacht vergangen, in der ich nicht mehrere Stunden lang persönlich das D.sche Palais durchstöbert hätte. Meine

Ehre steht auf dem Spiel, und – ganz im geheimen! – die Belohnung ist ungewöhnlich hoch. Ich gab also die Suche nicht eher auf, als bis ich vollkommen davon überzeugt war, dass der Dieb schlauer sei als ich. Ich habe sicherlich jede Ecke und jeden Winkel durchforscht, in dem nur irgend das Papier versteckt sein konnte.«

»Aber ist es nicht möglich«, mutmaßte ich, »dass der Minister den Brief woanders als in seinem eigenen Hause verborgen hat?«

»Das ist kaum möglich«, sagte Dupin. »Die gegenwärtige Lage der Dinge bei Hof und vor allem jene Intrigen, in die D., wie man weiß, verwickelt ist, lassen die derzeitige sofortige Verwendbarkeit des Dokumentes – die Möglichkeit, es immer vorweisen zu können – als einen ebenso wichtigen Punkt erscheinen, wie der Besitz desselben es ist.«

»Die Möglichkeit, es vorzuweisen?«, fragte ich.

»Nämlich um es gleich vernichten zu können«, sagte Dupin.

»Ja, das ist richtig«, bemerkte ich. »Das Papier ist also bestimmt im Hause. Dass der Minister dasselbe etwa beständig bei sich trägt, kommt wohl gar nicht in Frage.«

»Nein«, sagte der Präfekt. »Er ist zweimal von meinen Leuten in der Maske von Straßenräubern angefallen und unter meinen eigenen Augen gründlich durchsucht worden.«

»Diese Mühe hätten Sie sich sparen können«, sagte Dupin. »D. ist, denke ich, kein ganzer Narr, und muss daher diese Straßenüberfälle vorausgesetzt haben.«

»Wohl nicht ein ganzer Narr«, sagte G., »aber er ist ein Dichter, und solche Leute stehen den Narren nicht allzufern.«

»Ja, gewiss«, sagte Dupin nachdenklich, »obschon auch ich hie und da Knittelverse verbrochen habe.«

»Wie wäre es«, fragte ich, »wenn Sie uns die Einzelheiten Ihrer Suche darlegen würden?«

»Schön. Die Sache ist die, dass wir uns Zeit ließen und

überall suchten. In solchen Dingen habe ich große Erfahrung. Ich nahm das ganze Haus vor, Zimmer nach Zimmer; und jedem einzelnen widmete ich die Nächte einer ganzen Woche. Zunächst untersuchten wir in jedem Raum die Möbel. Wir öffneten alle möglichen Schubfächer; ich nehme an, Sie wissen, dass es für einen gut geschulten Polizeiagenten so etwas wie ein Geheimfach nicht gibt. Der Mann, dem bei einer solchen Suche ein ›Geheim‹-fach entgeht, ist ein Tölpel. Die Sache ist ja so einfach! Da ist doch der Raum, der Umfang, den man bei jedem Schreibtisch im Auge haben muss. Es ist doch nicht schwer zu berechnen, ob der von außen sichtbare Raum eines Möbels von den Fächern wirklich ausgefüllt wird. Und dann haben wir unsere ganz bestimmten Regeln. Der fünfzigste Teil einer Linie könnte uns nicht entgehen! Nach den Schreibtischen und Kommoden nahmen wir die Stühle vor. Die Sitze untersuchten wir mit den dünnen langen Nadeln, die Sie mich gelegentlich schon anwenden sahen. Von den Tischen entfernten wir die Platten.«

»Warum das?«

»Die Person, die einen Gegenstand zu verbergen wünscht, tut das manchmal in der Weise, dass sie die Platte eines Tisches oder ähnlichen Möbelstückes entfernt, ein Bein desselben aushöhlt, den Gegenstand in die Höhlung legt und die Platte wieder aufsetzt. In derselben Weise benutzt man die Füße und Knäufe der Bettpfosten.«

»Könnte man so eine Höhlung nicht durch Klanguntersuchung entdecken?«, fragte ich.

»Unmöglich, falls der Gegenstand beim Hineinlegen genügend in Watte gebettet wurde. Übrigens waren wir in diesem Falle genötigt, geräuschlos vorzugehen.«

»Aber Sie konnten doch unmöglich alle Möbelstücke auseinandernehmen, in denen ein Versteck, wie Sie es soeben beschrieben haben, angelegt hätte sein können! Ein Brief kann spiralförmig so dünn zusammengerollt werden, dass er in Form und Umfang nicht anders ist als eine große Stricknadel, und in solcher Form könnte er zum Beispiel bequem in einer ganz dünnen Stuhlleiste untergebracht werden. Sie nahmen doch wohl nicht alle Stühle auseinander?«

»Gewiss nicht; aber wir taten etwas Besseres – wir prüften sämtliche Stuhlleisten und die Verbindungsstellen sämtlicher Möbel im Hause mit Hilfe eines sehr starken Vergrößerungsglases. Wäre irgendwo die geringste Spur einer jüngst vorgenommenen Veränderung gewesen, so hätten wir sie unfehlbar entdecken müssen. Ein einziges Körnchen Holzmehl zum Beispiel wäre unserm bewaffneten Auge in der Größe eines Apfels erschienen. Jede Verschiebung an den zusammengeleimten Stellen – ein ungewöhnliches Klaffen der Fugen – hätte genügt, eine Entdeckung herbeizuführen.«

»Ich nehme an, dass Sie auch die Spiegel zwischen Rückwand und Glasplatte untersuchten, sowie die Betten und Leintücher, Vorhänge und Teppiche.«

»Natürlich; und nachdem wir auf diese Weise jeden Einrichtungsgegenstand untersucht hatten, nahmen wir das Haus selbst in Angriff. Wir teilten sämtliche Wand- und Bodenflächen in Felder ein, die wir numerierten, so dass keines übersehen werden konnte. Dann durchforschten wir jeden Quadratzoll des Hauses und der beiden Nachbarhäuser mit dem Mikroskop.«

»Der beiden Nachbarhäuser?«, rief ich aus; »da hatten Sie aber eine ungeheuere Arbeit!«

»Das hatten wir auch; aber die angebotene Belohnung ist ungemein hoch.«

»Sie hatten auch die angrenzenden Bodenflächen mit eingeschlossen, die Höfe und so weiter?«

»Höfe und Wege sind mit Ziegelsteinen gepflastert. Sie machten uns verhältnismäßig geringe Mühe. Wir prüften das Moos zwischen den Steinen und fanden nichts Verdächtiges.«

»Selbstverständlich blickten Sie auch in D.s Papiere und in die Bücher seiner Bibliothek?«

»Gewiss; wir öffneten jeden Stoß und jedes Päckchen; wir öffneten nicht nur jedes Buch, um es, wie einige unserer Polizeioffiziere das tun, nur zu schütteln, sondern wir wendeten Seite um Seite um. Wir maßen auch die Dicke jedes Buchdeckels mit peinlichster Sorgfalt und arbeiteten auch hier mit dem Mikroskop. Irgendeine unlängst vorgenommene Verletzung der Einbände hätte unserm Augenmerk unmöglich entgehen können. Vier oder fünf Bände, die gerade vom Buchbinder gekommen waren, prüften wir eingehend der Länge nach mit den Nadeln.«

»Sie durchforschten den Fußboden unter den Teppichen?«

»Selbstredend. Wir entfernten alle Teppiche und untersuchten die Bretter mit dem Mikroskop.«

»Und ebenso die Wandtapeten?«

»Auch diese.«

»Sie suchten in den Kellern?«

»Ja.«

»Dann«, sagte ich, »haben Sie einen Fehlschluss getan, und der Brief ist nicht mehr, wie Sie vermuteten, im Hause selbst.«

»Ich fürchte, darin haben Sie recht«, sagte der Präfekt. »Und nun, Dupin, sagen Sie, was Sie mir raten würden!«

»Das Haus nochmals gründlich zu durchsuchen.«

»Das ist durchaus zwecklos«, erwiderte G. »Ich bin wie von meinem Leben davon überzeugt, dass der Brief nicht im Palais ist.«

»Einen besseren Rat kann ich Ihnen nicht geben«, sagte Dupin. »Sie besitzen natürlich eine genaue Beschreibung des Briefes?«

»O ja!« Und der Präfekt zog ein Notizbuch heraus und las eine genaue Beschreibung der inneren und namentlich der äußeren Beschaffenheit des vermissten Dokumentes vor.

Bald nachdem er die Vorlesung beendet, verabschiedete er sich, niedergedrückter, als ich ihn je vordem gesehen.

Etwa einen Monat später machte er uns wiederum einen Besuch und fand uns bei ziemlich derselben Beschäftigung wie damals. Er ließ sich einen Stuhl und eine Pfeife reichen und begann ein gleichgültiges Gespräch. Endlich sagte ich:

»Nun, G., erzählen Sie doch: wie steht's mit dem entwendeten Brief? Ich glaube, Sie sind wohl doch zu der Überzeugung gekommen, dass es eine Unmöglichkeit ist, den Gesandten zu übertölpeln?«

»Verflucht, ja! Ich habe, Dupins Rat folgend, noch einmal alles durchsucht – doch alle Arbeit war umsonst, wie ich mir schon dachte.«

»Wie groß, sagten Sie, ist die angebotene Belohnung?«, fragte Dupin.

»Nun, sehr groß – wirklich sehr groß – ich möchte die genaue Summe nicht angeben; aber eins kann ich sagen: ich selbst würde demjenigen, der mir den Brief verschaffte, sofort einen Scheck von fünfzigtausend Francs ausstellen. Tatsache ist, dass der Fall von Tag zu Tag schlimmer, dringlicher wird; und die Belohnung wurde verdoppelt. Aber wenn sie auch verdreifacht würde, könnte ich doch nicht mehr tun, als ich getan habe.«

»Ja, ich meine, G.«, sagte Dupin gedehnt und tat ein paar kräftige Züge aus der Meerschaumpfeife, »Sie haben noch nicht Ihr Äußerstes getan. Sie könnten – noch etwas mehr tun, denke ich, he?«

»Wie – was meinen Sie denn?«

»Nun«, – paff, paff – »Sie könnten« – paff, paff – »Rat einholen, wie?« – Paff, paff, paff. »Kennen Sie die Geschichte, die man von Abernethy erzählt?«

»Nein, zum Henker mit Abernethy!«

»Gewiss, zum Henker mit ihm! Aber da war einmal ein reicher Geizhals, der wollte diesen Abernethy gern umsonst konsultieren. In dieser Absicht lud er ein paar Leute zu sich ein und erzählte während der Unterhaltung dem Arzt den Krankheitsfall einer gedachten Person:

›Nehmen wir an‹, sagte der Geizhals, ›die Symptome seien die und die; nun, Doktor, was würden Sie ihm wohl zu nehmen verordnet haben?‹

›Nehmen?‹ sagte Abernethy, ›ärztlichen Rat natürlich!‹«

»Ja«, sagte der Präfekt ein wenig betroffen, »Ich bin ja ganz willig, Rat zu nehmen und dafür zu bezahlen. Ich würde wirklich demjenigen, der mir in der Sache helfen würde, fünfzigtausend Francs geben.«

»Nun, wenn es sich so verhält«, sagte Dupin, aus einem Schubfach ein Scheckbuch nehmend, »können Sie mir die erwähnte Summe sofort hierherschreiben. Wenn Sie unterzeichnet haben, werde ich Ihnen den Brief aushändigen.«

Ich war aufs höchste verblüfft. Der Präfekt schien wie vom Blitz getroffen. Sprachlos, mit offenem Mund und aufgerissenen Augen starrte er Dupin an; dann, als er sich ein wenig erholt hatte, nahm er eine Feder, und unter mehrfachen Pausen und fragenden Blicken füllte er das Formular auf die Summe von fünfzigtausend Francs aus, unterzeichnete es und reichte es meinem Freund über den Tisch. Dieser prüfte es sorgsam und legte es in seine Brieftasche. Dann schloss er ein Schreibpult auf, entnahm ihm einen Brief und reichte ihn dem Präfekten. Der Beamte ergriff ihn, halb berauscht vor Freude, öffnete ihn mit zitternder Hand, warf einen schnellen Blick auf die Zeilen, suchte hastend und taumelnd die Tür und eilte ohne Abschied davon; seit Dupin ihn aufgefordert, den Scheck auszufüllen, hatte er kein Wort mehr gesprochen.

Als er gegangen war, gab mein Freund mir Aufklärung.

»Die Pariser Polizei«, sagte er, »ist in ihrer Weise sehr geschickt. Sie ist ausdauernd, pfiffig und scharfsinnig und in all den Dingen bewandert, die ihre Pflichten ihr auferlegen. Als darum G. uns auseinandersetzte, in welcher Weise er die Durchsuchung des Gesandtschaftspalais vorgenommen, war ich ganz überzeugt, dass er gründliche Arbeit getan hatte – soweit sein Arbeitsfeld eben reichte.«

»Soweit sein Arbeitsfeld reichte?«, fragte ich.

»Ja«, sagte Dupin. »Die angewandten Maßnahmen waren nicht nur in ihrer Art die besten, sondern auch auf das vollkommenste ausgeführt. Wäre der Brief im Bereich ihrer Suche niedergelegt gewesen, so hätten diese Leute ihn zweifellos gefunden.«

Ich lachte; es schien ihm aber mit dem, was er sagte, ernst zu sein.

»Die Maßnahmen«, fuhr er fort, »waren also in ihrer Weise sehr gut; der Fehler war nur, dass sie auf den besonderen Fall hier und auf den schlauen Dieb nicht passten. Der Präfekt hat eine gewisse Reihe sehr sinnreicher Hilfsmittel, denen er wie einem Prokrustesbett jeden Kriminalfall anzupassen sucht. Aber er begeht beständig den Fehler, den jeweiligen Fall zu gründlich oder zu leicht zu nehmen, und mancher Schuljunge ist ein schlauerer Kopf als er. Ich kannte einen achtjährigen Jungen, der bei dem Spiel von ›Gerad oder Ungerad‹ zur Bewunderung aller immer gewann. Das Spiel ist sehr einfach und wird mit Murmeln gespielt. Einer der Spieler hält eine Anzahl derselben in der geschlossenen Hand, und ein anderer muss erraten, ob sie an Zahl gerad oder ungerad sind. Hat er richtig geraten, so gewinnt er eine Kugel, hat er falsch geraten, so verliert er eine. Der Knabe, von dem ich hier spreche, gewann seinen Mitschülern alle Murmeln ab. Natürlich hatte er sich ein bestimmtes System gebildet, und das bestand in klugem Beobachten und in der Berechnung der Scharfsinnigkeit seines jeweiligen Gegners. Nehmen wir zum Beispiel an, sein Gegner sei ein rechter Einfaltspinsel und fragt, die geschlossenen Hände hinhaltend: ›Gerad oder ungerad?‹ Unser Junge antwortet ›ungerad‹, und verliert; beim nächstenmal aber gewinnt er, denn inzwischen hatte er sich gesagt: ›Der Tropf hatte beim erstenmal eine gerade Zahl in der Hand, und seine Pfiffigkeit reicht sicherlich nur hin, jetzt eine ungerade zu haben, ich werde darum ungerad sagen.‹ Er tut es und gewinnt. Bei einem etwas schlaueren Einfaltspinsel als dieser erste gewesen, würde er folgenden Schluss gezogen haben: ›Er hat gehört, dass ich beim erstenmal ungerad gesagt habe, sein erster Einfall wäre natürlich genau wie bei dem anderen, mit gerad oder ungerad abzuwechseln; dann wird ihm aber gleich der Gedanke kommen, dass dies zu einfach sei, und er wird sich dahin entscheiden, wie beim erstenmal eine gerade Zahl zu wählen. Ich werde also gerad sagen.‹ Er tut es und gewinnt. Worin besteht nun eigentlich die Methode der Schlussfolgerung bei diesem Schuljungen, von dem seine Kameraden sagen, dass er einfach Glück habe?«

»Der Überlegene«, sagte ich, »sucht seinen Intellekt mit dem seines Gegners zu identifizieren.«

»So ist es«, sagte Dupin, »und als ich den Knaben fragte, wie ihm diese vollkommene Identifizierung gelänge, in der sein Erfolg bestände, bekam ich folgende Antwort: ›Wenn ich herausbekommen will, wie klug oder wie dumm, wie gut oder wie böse irgend jemand ist oder was für Gedanken er gerade hat, so suche ich den Ausdruck meines Gesichtes so viel als möglich dem seinigen anzupassen, und dann warte ich ab, was für Gedanken oder Gefühle in mir aufsteigen und dem Gesichtsausdruck entsprechen.‹ Diese Antwort des Schuljungen bildet die Grundlage zu all dem scheinbaren Scharfsinn, den man Rochefoucauld, La Bruyère, Machiavelli und Campanella zugeschrieben hat.«

»Wenn ich Sie richtig verstehe«, sagte ich, »so hängt die Identifizierung des Intellektes des Schlussfolgernden mit dem seines Gegners davon ab, wie scharf ersterer den Intellekt seines Gegners abzuschätzen vermag?«

»Ja, ihr praktischer Wert hängt durchaus davon ab«, erwiderte Dupin, »und eben aus Mangel an diesem Identifizierungsvermögen gehen der Präfekt und seine Kohorte so häufig fehl, und ferner auch, weil sie die Höhe des jeweiligen Intellekts, mit dem sie zu tun haben, falsch oder gar nicht abzuschätzen vermögen. Sie rechnen immer nur mit ihrem eigenen Scharfsinn, und wenn sie etwas Verborgenes suchen, so denken sie immer nur daran, wie sie selbst es versteckt haben würden. Sie haben ja so ziemlich recht, wenn sie ihre eigene Erfindungsgabe für die große Masse als maßgebend erachten; wenn aber der Scharfsinn des verbrecherischen Individuums sich in seinem Grundwesen von ihrem eigenen unterscheidet, so entgeht der Verbrecher ihnen natürlich. Dies geschieht immer, sobald er ihnen geistig überlegen ist, und auch sehr häufig, wenn er ihnen geistig nachsteht. Sie haben für ihre Nachforschungen eine feststehende Norm, von der sie nie abweichen; höchstens erweitern oder übertreiben sie ihre altgewohnte praktische Methode, wenn irgendwelche außergewöhnliche Umstände, wie zum Beispiel eine hohe Belohnung, sie besonders antreiben – das Prinzip aber bleibt dasselbe. Betrachten wir einmal den vorliegenden Fall. Was hat man getan, das auch nur im geringsten von der gewohnten Untersuchungsmethode abgewichen wäre? Was ist all das Bohren und Prüfen und Klopfen und mikroskopische Untersuchen und Einteilen des Hauses in numerierte Quadrate – was ist es anders als ein Übertreiben in der Anwendung ihres einen Prinzipes, das auf der geringen Kenntnis menschlichen Scharfsinnes aufgebaut ist, die diese Leute eben haben, und das der Präfekt in gewohnter Pflichterfüllung immer wieder anwendet? Haben Sie nicht bemerkt, dass es ihm als ganz ausgemacht gilt, dass alle Menschen, wenn sie einen Brief verstecken wollen, ihn – wenn auch nicht gerade in einem ausgehöhlten Stuhlbein – so doch wenigstens in irgendeinem verborgenen Loch oder Winkel unterbringen würden, infolge derselben Gedankenreihe, die einen Mann veranlassen würde, einen Brief in einem ausgehöhlten Stuhlbein zu verbergen? Und sehen Sie nicht ebenso klar, dass solche geheimen Verstecke nur in einfachen Fällen und bei gewöhnlichen Intellekten Anwendung finden, denn fast immer, wenn es sich um das Verbergen eines Gegenstandes handelt, wird man so besonders versteckte Orte wählen, und die Entdeckung hängt also nicht lediglich von dem Scharfsinn, aber durchaus von der Sorgfalt, Geduld und Ausdauer der Suchenden ab; und war der Fall von Bedeutung, oder – was in den Augen der Polizei dasselbe ist – war die Belohnung bedeutend, so haben die genannten Eigenschaften stets zum Ziel geführt. Sie werden nun verstehen, was ich meinte, als ich die Vermutung aussprach, dass der entwendete Brief zweifellos gefunden worden wäre, wenn er im Untersuchungsbereich des Präfekten niedergelegt worden wäre – mit anderen Worten, wenn man bei Verbergung desselben von den gleichen Grundanschauungen ausgegangen wäre, wie der Präfekt bei seiner Suche sie anwendet. Der Beamte ist jedoch in seinen Berechnungen geschlagen worden, und die verborgene Ursache seiner Niederlage liegt in der falschen Annahme, der Gesandte sei ein Narr, weil er zufällig den Ruf eines Dichters genießt. Alle Narren sind Dichter, das hat der Präfekt so im Gefühl, und er macht sich nur eines non distributio medii schuldig, wenn er daraus schließt, dass alle Dichter Narren seien.«

»Aber ist denn dieser wirklich der Dichter?«, fragte ich. »Es sind zwei Brüder, wie ich weiß, und beide haben als Schriftsteller einen Namen. Der Gesandte, glaube ich, hat eine gelehrte Abhandlung über Differentialrechnung geschrieben. Er ist Mathematiker und kein Dichter.«

»Sie irren sich. Ich kenne ihn gut; er ist beides. Als Dichter und Mathematiker versteht er, schlau zu überlegen; als bloßer Mathematiker verstände er überhaupt nicht zu schlussfolgern und wäre sicherlich dem Präfekten in die Hände gefallen.«

»Sie überraschen mich«, sagte ich. »Ihre Anschauung wird von der ganzen Welt Lügen gestraft. Sie werden doch wohl nicht eine seit Jahrhunderten festbegründete Ansicht umstoßen wollen? Die Vernunft des Mathematikers gilt seit langem als die Überlegungsfähigkeit par excellence.«

»Il y a à parier«, erwiderte Dupin, Chamfort zitierend, »que toute idée publique, toute convention reçue, est une sottise, car elle a convenu au plus grand nombre. – Ich gebe zu, dass die Mathematiker ihr Bestes getan haben, die allgemeine, aber irrige Ansicht, auf die Sie hinweisen, zu verbreiten. So haben sie zum Beispiel mit einer Kunstfertigkeit, die einer besseren Sache würdig gewesen wäre, den Ausdruck ›Analysis‹ in die Algebra hineingebracht. Die Franzosen sind es, denen wir diesen Trug verdanken; soll aber eine Bezeichnung überhaupt Bedeutung haben, soll ein Wort nach seiner Anwendbarkeit bewertet werden, so stehen ›Analysis‹ und ›Algebra‹ etwa im selben Verhältnis zueinander, wie der lateinische Ausdruck ambitus unser Wort Ehrgeiz, religio Religion oder homines honesti ehrenwerte Männer in sich schließt.«

»Sie scheinen demnächst einen Feldzug gegen die Pariser Algebraisten zu planen«, sagte ich – »doch bitte nur weiter!«

»Ich bestreite die philosophische Berechtigung eines Systems, das anders als mit abstrakter Logik arbeitet. Ich bestreite im besonderen ein aus mathematischen Studien abgeleitetes Philosophieren. Mathematik ist die Lehre von Form und Größe; die Philosophie der Mathematiker ist weiter nichts als auf Beobachtung von Form und Größe aufgebaute Logik. Der große Irrtum liegt in der Annahme, dass die Wahrheiten dessen, was man reine Algebra nennt, abstrakte oder allgemeine Wahrheiten seien. Und dieser Irrtum ist so ungeheuer, dass ich es gar nicht begreifen kann, wie man ihm so allgemein verfallen konnte. Mathematische Axiome sind keine Axiome von allgemein gültiger Wahrheit. Was relativ wahr ist – also in Beziehung auf Form und Größe –, ist zum Beispiel durchaus falsch in moralischer Hinsicht. In der Morallehre ist es meistenteils unwahr, dass diese zusammengefassten Einzelteile dem Ganzen entsprechen. Auch in der Chemie ist das Axiom nicht anwendbar, ebensowenig in der Lehre von der Bewegung; denn zwei Bewegungen, jede von einem gegebenen Wert, haben nicht notwendigerweise einen Wert, wenn sie gemäß ihrer Einzelwerte zu einer Summe vereinigt werden. Es gibt zahlreiche andere mathematische Wahrheiten, die nur innerhalb ihrer relativen Grenzen Wahrheiten darstellen. Aber der Mathematiker schließt aus Gewohnheit nach seinen begrenzten Wahrheiten, als ob sie von einer absoluten allgemeinen Anwendbarkeit wären – wie man dies in der Tat allgemein annimmt. Bryant erwähnt in seiner geistvollen ›Mythologie‹ eine ähnliche Quelle des Irrtums, indem er sagt: ›Obgleich die Fabeln der Heiden nicht geglaubt werden, vergisst man sich doch immer wieder und zieht Folgerungen aus ihnen, als ob sie bestehende Wirklichkeiten wären.‹ Bei den Algebraisten nun, die selber Heiden sind, werden die ›Heiden-Fabeln‹ geglaubt und die Folgerungen gezogen, nicht so sehr aus Gedankenlosigkeit als vielmehr aus einer erklärlichen Geistesverwirrung. Kurz, ich bin noch nie einem reinen Mathematiker begegnet, dem man über seine Quadratwurzeln hinaus irgendwie hätte trauen können, oder einem, der es nicht im stillen als Glaubenssache betrachtet hätte, dass $x^2 + px$ unbedingt und unwiderleglich gleich q sei. Bitte machen Sie die Probe und sagen Sie einem dieser Herren, Sie glaubten, dass Fälle vorkommen könnten, wo $x^2 + px$ nicht ganz gleich q sei – ich möchte Ihnen raten, schleunigst Reißaus zu nehmen, sobald er verstanden hat, was Sie eigentlich meinen; denn zweifellos wird er versuchen, Sie niederzuhauen.

Ich will damit sagen«, fuhr Dupin fort, während ich über seine letzten Betrachtungen fröhlich lachte, »dass der Präfekt nicht nötig gehabt hätte, mir diesen Scheck auszustellen, wenn der Gesandte nichts als Mathematiker gewesen wäre. Ich kannte ihn jedoch als Mathematiker und Dichter, und meine Maßnahmen richteten sich nach seinen Fähigkeiten, unter besonderer Berücksichtigung der gegebenen Verhältnisse. Ich wusste auch, dass er ein Hofmann und kühner Intrigant war. Ich folgerte, dass solch ein Mensch mit den üblichen polizeilichen Maßnahmen gut vertraut sein müsse. Er musste – und die Ereignisse haben dies bewiesen – die fingierten Raubanfälle vorausahnen. Er muss, so überlegte ich weiter, die geheimen Haussuchungen vorausgesehen haben. Seine häufige nächtliche Abwesenheit, die der Präfekt so freudig als unerwartete Glücksfälle begrüßte, erachtete ich lediglich als List, um der Polizei Gelegenheit zu gründlichen Nachforschungen zu geben und ihr möglichst schnell die Überzeugung beizubringen (zu der G. ja tatsächlich auch schließlich gelangte), dass der Brief sich nicht im Hause befinden könne. Ich fühlte auch, dass die ganze Gedankenreihe, die ich Ihnen soeben mit einiger Mühe entwickelte, nämlich das unveränderte Prinzip, nach dem die Polizei ihre Maßnahmen bei der Suche nach versteckten Dingen richtet – ich fühlte, dass dieser ganze Ideengang notwendigerweise auch dem Gesandten kommen musste und dass er ihn zwingend dahinführen würde, alle die gewöhnlichen Versteckplätze zu vermeiden. Dieser Mann, sagte ich mir, konnte unmöglich so beschränkt sein, sich nicht selbst vor Augen zu halten, dass die allerverborgensten Winkel seines Palais den Nachforschungen, den Bohrern und Mikroskopen des Präfekten so offen daliegen würden wie seine unverschlossenen Wohnräume. Kurzum, ich erkannte, dass er ganz selbstverständlich zu den allereinfachsten Maßnahmen gedrängt werden musste, falls er sie nicht schon freiwillig gewählt haben sollte. Sie werden sich vielleicht erinnern, in welch ein Gelächter der Präfekt ausbrach, als ich bei unserer ersten Unterredung die Mutmaßung äußerte, dass dies Geheimnis ihm vielleicht darum so viel Arbeit mache, weil es so gar nicht verwickelt sei.«

»Ja«, sagte ich, »ich erinnere mich noch gut seines Heiterkeitsausbruches. Ich dachte wirklich, er würde noch in Krämpfe fallen.«

»Die materielle Welt«, fuhr Dupin fort, »hat strenge Analogien mit der immateriellen Welt. Und darum hat das rhetorische Dogma, dass eine Metapher oder ein Gleichnis geeignet sein soll, ein Argument zu erhärten oder eine Beschreibung zu verschönern, einen Schimmer von Wahrheit. So scheint zum Beispiel das Prinzip der vis inertiae in Physik und Metaphysik identisch zu sein. Wenn die Physik behauptet, dass ein großer Körper schwerer in Bewegung zu setzen ist als ein kleiner und dass seine nachherige Geschwindigkeit zu dieser Schwierigkeit in entsprechendem Verhältnis steht, so sagt sie keine größere Wahrheit als die Metaphysik, wenn sie den Satz aufstellt, dass stärkere Intellekte, also solche, die fester und in ihren Regungen reicher sind als solche schwächeren Grades, dennoch weniger leicht beweglich, vielmehr leichter verwirrt und in ihren ersten Schritten zögernder sind. Ferner: haben Sie jemals beobachtet, welche Art von Schildern an den Kaufmannsläden am meisten Aufmerksamkeit auf sich lenken?«

»Ich habe nie darüber nachgedacht«, sagte ich.

»Es gibt ein Rätselspiel«, sprach Dupin weiter, »das auf einer Landkarte gespielt wird; die eine Partei verlangt von der anderen, dass sie ein gegebenes Wort finde – den Namen einer Stadt, eines Flusses, einer Provinz, eines Staates –, irgendein Wort, das in dem Durcheinander von Benennungen auf der Karte zu finden ist. Ein Neuling in diesem Spiel sucht gewöhnlich seine Gegner dadurch zu verwirren, dass er ihnen Namen von allerkleinster Schrift zu suchen gibt, der Erfahrene aber wählt solche Worte, die in großen Lettern von einem Ende der Karte zum anderen laufen. Diese entgehen, gleich den übergroßen Plakaten und Schilderaufschriften in den Straßen, der Beobachtung infolge ihrer übertrieben großen Sichtbarkeit; und dieses physische Übersehen ist genau analog der Unachtsamkeit, mit der der

Intellekt jene Erwägungen unbeachtet lässt, die zu aufdringlich und zu naheliegend selbstverständlich sind. Doch das ist eine Sache, scheint mir, die für das Begriffsvermögen des Präfekten zu hoch oder zu niedrig ist. Er hielt es nie für wahrscheinlich oder für möglich, dass der Gesandte den Brief aller Welt vor die Nase gelegt hätte, um eben auf diese Weise alle Welt von der Entdeckung fernzuhalten.

Doch je mehr ich über das kühne, wagemutige, besondere Wesen D.s nachdachte, über die Tatsache, dass er das Dokument immer zur Hand haben musste, um es verwerten zu können, und über das von dem Präfekten erzielte Ergebnis, demzufolge es nicht innerhalb der Grenzen des Untersuchungskreises jenes Würdenträgers verborgen war – desto überzeugter wurde ich, dass der Gesandte, um den Brief zu verbergen, zu dem verständlichen und scharfsinnigen Mittel gegriffen hatte, ihn gar nicht zu verbergen.

Ganz erfüllt von diesem Gedanken versah ich mich mit einer grünen Brille und sprach eines Morgens wie zufällig im Gesandtschaftspalais vor. Ich fand D. zu Hause; er gähnte und faulenzte wie gewöhnlich und tat, als langweile er sich aufs höchste. Er ist vielleicht der tätigste Mensch, den wir jetzt haben – doch das ist er nur, wenn niemand ihn sieht.

Um seiner Schlauheit gewachsen zu sein, klagte ich über schwache Augen und die Notwendigkeit, eine Brille tragen zu müssen; dieselbe diente mir jedoch nur, um ruhig und eingehend den ganzen Raum durchspähen zu können, während ich scheinbar mit ganzer Aufmerksamkeit bei dem Gespräch war, in das ich ihn verwickelt hatte.

Besondere Aufmerksamkeit widmete ich einem großen Schreibtisch, neben dem er saß und auf dem allerlei Briefe und andere Papiere, ein paar kleinere Musikinstrumente und einige Bücher umherlagen. Trotz sorgfältigster Prüfung aber konnte ich hier nichts finden, was einen Verdacht gerechtfertigt hätte.

Ich blickte nun weiter im Zimmer umher und entdeckte schließlich einen zerfetzten Kartenhalter aus Pappe, der an einem verstaubten blauen Band von einem kleinen Messingknopf oben über dem sehr niedrigen Kaminsims herabhing. In diesem Halter, der drei oder vier Abteilungen hatte, steckten fünf oder sechs Visitenkarten und ein einziger Brief. Der letztere war sehr schmutzig und zerknittert. Er war in der Mitte fast ganz durchgerissen – als habe man zuerst die Absicht gehabt, ihn als wertlos fortzuwerfen, habe sich dann aber doch anders besonnen. Er hatte ein großes schwarzes Siegel, auf dem sehr deutlich der Buchstabe D. sichtbar war, und war in zierlicher Damenhandschrift an D., den Gesandten adressiert. Er war sorglos, ja geradezu oberflächlich, in das zweitoberste Abteil des Halters gesteckt.

Kaum hatte ich diesen Brief erblickt, als ich überzeugt war, das gesuchte Dokument vor mir zu haben. Gewiss, dem Anschein nach war es sehr verschieden von dem, dessen eingehende Beschreibung der Präfekt uns geliefert hatte. Hier war das Siegel groß und schwarz mit der Letter D.; dort war es klein und rot, mit dem herzoglichen Wappen der Familie V. Hier war die Adresse zierlich und von weiblicher Hand und an den Gesandten selbst gerichtet; dort war die Aufschrift kräftig und kühn und für ein Mitglied des königlichen Hauses bestimmt; nur das Format bot eine gewisse Ähnlichkeit. Aber gerade die Übertriebenheit dieser Unterschiede war es, die mir auffiel. Der Schmutz, der zerknitterte, zerrissene Zustand des Briefes, der so gar nicht zu den wahren, ordnungsliebenden Gewohnheiten D.s passte und so sehr darauf hindeutete, dass hier eine Absicht vorliege, die Wertlosigkeit dieses Dokumentes vorzutäuschen; alle diese Dinge in Verbindung mit dem ins Auge fallenden Aufbewahrungsort des Papiers, was so ganz zu den Schlussfolgerungen passte, zu denen ich vorher gelangt war – alle diese Dinge, sage ich, waren dazu angetan, Verdacht zu erregen, bei einem, der gekommen war, Verdachtgründe zu finden.

Ich dehnte meinen Besuch so lange als möglich aus und verwickelte den Gesandten in eine eifrige Diskussion über ein Thema, das ihn, wie ich wusste, stark interessierte, während ich meine ganze Aufmerksamkeit dem Briefe zuwandte. Ich wollte mir seine Form und seine Lage im Halter genau einprägen; bei dieser Gelegenheit machte ich schließlich noch eine Entdeckung, die mir den letzten Zweifel nahm. Die Ränder des Papiers waren kräftiger umgebrochen, als nötig schien. Der Bruch sah aus, als habe man ein steifes Papier, das kräftig zusammengefaltet gewesen, geöffnet und unter Benützung der alten Knifffalten nach der anderen Seite umgebrochen. Diese Wahrnehmung genügte. Es war mir klar, dass man den Brief wie einen Handschuh umgewendet, in seine ursprüngliche Form zurückgefaltet und mit einem neuen Siegel versehen hatte. Ich verabschiedete mich von dem Gesandten und entfernte mich; eine goldene Schnupftabakdose ließ ich auf dem Tisch zurück.

Am anderen Morgen sprach ich vor, um die vergessene Dose zu holen, und wir waren bald wieder in das interessante Gesprächsthema verwickelt, das uns am Tage vorher so eifrig beschäftigt hatte. Plötzlich aber ertönte gerade unter den Fenstern des Gesandtschaftspalais ein Pistolenschuss, gefolgt von Angstschreien und lärmenden Ausrufen einer erregten Menge. D. eilte an ein Fenster, riss es auf und blickte hinaus. Inzwischen trat ich zu dem Kartenhalter, nahm den Brief, steckte ihn in die Tasche und ersetzte ihn durch ein Faksimile (was sein äußeres Aussehen anlangte), das ich zu Hause sorgsam hergestellt; die Chiffre D.s hatte ich mit Hilfe eines aus Brot geformten Petschafts leicht nachahmen können.

Die Ruhestörung auf der Straße war durch das verrückte Gebaren eines Mannes verursacht worden. Er hatte in eine Gruppe von Weibern und Kindern einen Flintenschuss abgegeben. Es stellte sich aber heraus, dass es ein blinder Schuss gewesen war, und man ließ den Burschen als harmlosen Narren oder Betrunkenen laufen. Als die Menge sich verlaufen, trat D. vom Fenster zurück, wohin ich ihm gefolgt war, nachdem ich meinen Raub in Sicherheit gebracht hatte. Bald darauf verabschiedete ich mich. Der anscheinend Wahnsinnige war ein von mir bezahltes Subjekt.«

»Welche Absicht verfolgten Sie damit«, fragte ich, »dass Sie den Brief durch ein Faksimile ersetzten? Wäre es nicht besser gewesen, ihn gleich beim ersten Besuch zu ergreifen und davonzulaufen?«

»D.«, erwiderte Dupin, »ist ein kühner Bursche voll großer Tatkraft, und seine Dienerschaft ist ihm blind ergeben. Hätte ich den tollen Versuch gemacht, den Sie da vorschlagen, so hätte ich das Haus wohl kaum mehr lebend verlassen, und die guten Pariser hätten nichts mehr von mir gehört. Doch war es nicht dies Bedenken allein, was mich zurückhielt. Sie kennen mein politisches Vorurteil. Im vorliegenden Fall bin ich ein Parteigänger der betreffenden hohen Dame. Achtzehn Monate hat der Gesandte sie in seiner Gewalt gehabt; jetzt hat sie ihn in der ihrigen – denn, da er nicht weiß, dass er den Brief nicht mehr besitzt, wird er sein herausforderndes Wesen beibehalten. Er wird sich also selbst den Sturz bereiten, der ebenso plötzlich als beschämend für ihn sein wird. Mag man über das facilis descendus Averni sagen, was man will – bei allem Emporkommen gilt das, was die Catalani vom Singen sagte: ›Es ist viel leichter hinauf-, als hinunterzukommen‹. In unserm Fall hier habe ich kein Mitgefühl mit dem, der da stürzt. Er ist ein monstrum horrendum, ein genialer Kopf ohne edle Grundsätze. Ich gestehe aber, dass ich etwas darum gäbe, in dem Augenblick seine Gedanken lesen zu können, wenn er sich durch das veränderte Benehmen derjenigen, die der Präfekt ›eine gewisse Person‹ nennt, veranlasst sieht, den Brief zu öffnen, den ich ihm in den Kartenhalter gesteckt habe.«

»Wieso? Haben Sie ihm etwas hineingeschrieben?«

»Nun – es schien mir nicht ganz recht, das Innere leer zu lassen – das wäre ja beleidigend gewesen. D. spielte mir einst in Wien einen schlimmen Streich, und ich versicherte ihm damals halb scherzhaft, ich würde ihm das nicht vergessen. Ich hielt es also, in der Überzeugung, dass er begierig sein werde, zu erfahren, wer ihn so überlistet, für schade, ihm nicht einen Anhaltspunkt zu geben. Er kennt meine Handschrift gut, und so schrieb ich denn mitten auf das weiße Blatt die Worte:

›... Un dessein si funeste,
S'il n'est digne d'Atrée, est digne de Thyeste.‹

Sie stehen in Crébillons ›Atrée‹.«